- Collection "Ecritures vagabondes" -

5

En novembre 2001, neuf dramaturges et un metteur en scène, venus d'Afrique et d'Europe, ont vécu ensemble à Bamako (Mali) pendant un mois. Une expérience intellectuelle et existentielle marquée par la riche confrontation des valeurs et des interrogations du Sud et du Nord.

Au fil des jours, des visites, des rencontres, des errances dans les rues de la capitale malienne et d'une échappée en pays Dogon - berceau d'une civilisation fascinante menacée par les ravages du tourisme - des projets de pièces ont émergé.

Nés du mélange des réflexions, des débats, des sensations et des souvenirs, les textes - achevés ensuite par chaque auteur dans sa solitude retrouvée - sont imprégnés par les captivants paradoxes de la culture et de l'environnement subsahariens.

La Ruche Sony Labou Tansi, ainsi baptisée en hommage au grand dramaturge congolais, a été coproduite par l'association Ecritures Vagabondes (Paris), le Nouveau Théâtre d'Angers, Centre dramatique des Pays de la Loire, et BlonBa, entreprise de création artistique et d'action culturelle malienne.

Elle a été rendue possible par le soutien
- du Ministère des Affaires Etrangères, direction de la coopération culturelle et du français
- du Service de Coopération et d'Action Culturelles de l'Ambassade de France à Bamako
- de la Ville d'Angers
- de l'association Beaumarchais.

Avec le concours :
- du Ministère de la Culture du Mali
- du Centre Culturel Français de Bamako.

*

Ecritures vagabondes, présidée par Monique Blin, est une association d'auteurs de théâtre, née à la suite d'une résidence au Liban en avril 2000. Elle initie des chantiers et résidences d'écriture dans les pays du Sud pour favoriser le croisement et la découverte d'une nouvelle génération d'auteurs, ainsi que la circulation de leurs oeuvres. Elle reçoit le soutien du Ministère de la Culture (DMDTS, Drac Ile-de-France, CNL), de la SACD et de Beaumarchais.

Pour en savoir plus : http://www.ecritures-vagabondes.org

Photo de couverture : Eric Durnez

D/2003/5438/413 ISBN 2-87282-412-X

Bogolan's Blues

Daniel Besnehard

- Lansman Editeur -

Les personnages :

- Pierre Rocher, 27 ans
- Edouard Quercy, 55 ans
- Claire Martin, 45 ans
- Chantal Davy, 48 ans
- Voix de techniciens, voix maliennes...
- Voix de visiteurs de galerie

On peut considérer *Bogolan's Blues* comme une forme ouverte, un récit avec des dialogues, un texte à lire dans un fauteuil. Autrement dit une oeuvre qui ne convoque pas nécessairement la représentation, les images concrètes du plateau. Ce pourrait être aussi un théâtre pour les ondes.

Par ailleurs, le scénario de *Enfance noire* pourrait être lu en continuité. On a choisi ici de le fragmenter et de l'intercaler dans le récit de Pierre. D'autres choix sont possibles. Par exemple, lire en alternance les dialogues en français et les dialogues traduits en bambara. Jouer ainsi de l'écart sonore.

Bref, l'auteur est ouvert à toute proposition concrète...

Pierre : Roissy. Aéroport Charles de Gaulle 2B. J'entrais en trombe, essoufflé, furieux, craignant de me faire refouler, on approchait de l'heure limite d'enregistrement.

Depuis la faillite des compagnies concurrentes, les Ailes françaises avaient le quasi-monopole sur le Paris-Bamako. A la réservation, le tarif économique obéissait à de sévères restrictions et à l'aéroport, cette domination se traduisait dans l'inflexibilité des agents commerciaux.

Dans les files, les voyageurs africains en savaient quelque chose. Ceux qui rapportaient au pays dans des cantines métalliques peintes de grandes fleurs multicolores, ou des cartons mal ficelés, climatiseurs, vidéos, appareils électriques, pots de Nutella ou produits de beauté... se faisaient taxer lourdement (15 euros par kilo supplémentaire !). Après avoir cherché à parlementer, ils finissaient par se résigner. Aux comptoirs des vols transatlantiques, des Américains obèses dont les chariots débordent de Samsonites, vanity-case et duty free, franchissaient sans doute le cap de l'enregistrement avec moins de problèmes. Sur le Paris-New York, la concurrence est totale et le sourire commercial de rigueur. Africain ou Américain, le tourisme a ses têtes et la circulation des hommes, comme celle des marchandises, obéit à des lois discriminatoires.

Moi, je n'avais aucun souci de surcharge, je partais sinon avec des semelles de vent du moins avec le minimum : médicaments, trousse de toilette... A l'exception d'un pull chaud pour mon retour, dans l'hiver, ma "garde-robe" se limitait à deux shorts, quelques tee-shirts, un pantalon Gore-Tex et un polo à manches longues. En Afrique, j'aurais toutes les occasions pour faire provision de chemisettes bariolées...

La file aux contrôles était longue et d'autant plus lente que les policiers mettaient un soin tatillon à inspecter les passeports des voyageurs arabes. Depuis la nouvelle vague d'attentats terroristes, l'hystérie sécuritaire régnait partout dans l'aérogare. Mon départ était prévu dans 35 minutes, j'étais nerveux. L'équipe du film devait désespérément m'attendre sur la plate-forme.

Je sentis un regard se poser sur moi. Je me retournai. Derrière moi, un homme mûr au visage bronzé, très élégant dans un costume Armani de toile blanche, me fixait. Une longue jeune femme blonde, teint d'ivoire et bouche vermeille, l'accompagnait.

Edouard : Bonjour, Edouard Quercy, diffuseur d'Art africain. Je crois que l'on se connaît.

Pierre : Je ne pense pas.

Edouard : Si, j'ai aperçu votre nom sur l'étiquette. Pardonnez-moi mon indiscrétion. Vous êtes Pierre Rocher ?

Pierre : Oui, Monsieur.

Edouard : Le fils de Florence Rocher ?

Pierre : Oui, c'est bien ça.

Edouard : J'ai bien connu votre mère, c'est étonnant comme vous lui ressemblez. Elle va bien ?

Pierre : Elle est décédée.

Edouard : Mais ce n'est pas possible !

Pierre : Il y a presque un an.

Edouard : Excusez-moi. ... Vous allez où ?

Pierre : A Bamako.

Edouard : Moi aussi. On peut se voir durant le vol. Vous êtes en business ?

Pierre : Non, en classe économique. Je suis avec une équipe de tournage.

Edouard : Vous êtes réalisateur ?

Pierre : Simple assistant. A bientôt.

*

Je passai enfin le contrôle de police. La jeune femme embrassa l'homme riche, elle ne partait pas pour le Mali. Je pressai le pas avec l'espoir que le groupe ne me fasse pas trop la gueule. L'embarquement avait débuté.

En entrant dans la cabine, j'aperçus toute l'équipe regroupée sur le même rang. Entre Claire Martin, la réalisatrice, et Chantal Davy, la chef de production, était assis Boutros, le jeune Malien qui tiendrait le rôle principal dans *Enfance noire*, le film que nous partions tourner. En me voyant, Claire me jeta un regard glacial.

Pierre : Bonjour... Excusez-moi... Le périphérique était bouché. Un camion s'est mis en travers de la route...

Claire : Dites plutôt que votre réveil n'a pas sonné.

Pierre : Non, mon taxi a réellement été bloqué cinquante minutes.

Chantal Davy surenchérit en jetant un coup d'œil complice aux techniciens.

Chantal : Avec un stagiaire aussi ponctuel, les gars, on boira le café du matin à la pause de midi !

*

Mon siège était quatre rangs derrière, ce n'était pas plus mal. Je n'avais pas envie d'être chambré tout le vol. Je m'assis. A ma droite, un père malien et son fils aîné, tous deux vêtus de superbes boubous bleus laissant apparaître des sous-boubous d'un blanc éclatant. Ils voulaient revenir au pays en hommes fiers de leurs coutumes et costumes...

Peu après le décollage, on commença à servir l'apéritif. En bons musulmans, les Maliens se contentèrent d'un verre d'eau. Je commandai un bloody mary ! Pour me détendre. Cela m'avait agacé de passer pour "un jobard" devant l'équipe.

Quelque chose d'autre me troublait : la rencontre avec Edouard Quercy. Elle me ramenait à maman. Ce voyage était le premier depuis sa mort et j'allais en Afrique. Un continent que nous devions découvrir ensemble.

Entre ma mère et moi, la relation était anormale, elle avait presque tout détruit autour de nous. A 53 ans, avant d'avaler des barbituriques, elle s'était maquillée outrageusement. Elle ressemblait sur son lit de mort à ces vieilles milliardaires californiennes, au visage falsifié de momie. Eternité du faux, du cosmétique. Eternelle jeunesse, c'est ce dont rêvent certaines femmes trop jolies. Ma mère avait un corps splendide. Elle aimait vivre nue au soleil. Elle refusait de voir sa peau devenir un parchemin jauni et froissé.

Maman avait refusé le mariage. Elle clamait que j'étais "Son" homme, son socle, sa Pierre de vie. Elle m'éleva toute seule et me donna son nom, Rocher. Feignant d'oublier que ce nom, avant d'être le sien, était celui d'un père absent qu'elle avait fini par mépriser. Moi, je n'ai pas connu mon père, un motard intrépide qui s'est tué dans les boucles du Vercors à 28 ans, quelques jours après ma naissance.

"C'était un bon coup", avait confié une fois ma mère à une amie ; ignorant ma présence derrière la cloison sonore de l'hôtel de Benodet où nous étions en vacances.

Ce "bon coup", dont je ne portais pas le nom, m'a longtemps tourmenté. A quoi ressemblait-il ? Je ne le sais pas. Maman prétendait n'avoir aucune photo de mon géniteur.

Mon adolescence se déroula sans présence masculine. J'enviais parfois mes camarades qui tremblaient à l'idée que leurs pères, en découvrant un mauvais carnet, ne les battent.

Moi, je n'avais que des bonnes notes. Un élève modèle, ce qui rassurait ma mère sur la justesse de son éducation. J'étais son "petit empereur", un enfant unique et adoré. Un enfant qui rêvait parfois d'en baver pour pouvoir dire non et se révolter. L'amour qui étouffe, vous prive de votre liberté. Cet amour-là est une peine à perpétuité. Elle pèse durant votre vie et même après la mort de celle qui vous aima trop.

Après avoir avalé la barquette de bœuf-carotte et la tarte meringuée du plateau-repas, je m'assoupis. Je m'éveillai en sursaut. Edouard Quercy se tenait devant moi, il avait osé franchir la frontière de la classe économique. Il était agité, les yeux globuleux. Il avait bu, son haleine empestait l'alcool. D'une voix incertaine, il me dit :

Edouard : Votre mère... Je l'aimais beaucoup. On s'aimait beaucoup. La vie nous a séparés. C'est impressionnant, vous avez les mêmes yeux bleus.

Pierre : On nous le disait souvent.

Edouard : Comment elle est morte ?

Pierre : Elle s'est suicidée !

Edouard : C'est pas vrai ! C'est trop moche ! J'aurais pu l'aider.

Pierre : Je ne sais pas.

Edouard : Elle avait des amies, elle sortait encore beaucoup ?

Pierre : Oui. Personne n'a compris. C'est elle qui a fermé les portes.

Edouard : Ça fait mal d'apprendre ça. Une si belle femme, si drôle... J'ai six ans de plus qu'elle.

(Il se met à pleurer)

Excusez-moi... On a fait la route des Indes, ensemble, en 69. Kaboul, Delhi, Bénarès. On était une bande, un peu beatnik... De beaux souvenirs, l'amour libre... Après notre retour de Katmandou, elle est tombée enceinte...

Et puis son copain a eu cet accident de moto... Quand vous étiez tout bébé, je venais souvent la voir la nuit. C'est idiot, mais j'avais besoin de vous le dire. A Bamako, je descends au Grand Hôtel, si vous avez un problème ! Vraiment, appelez-moi... Voilà ma business card. En souvenir d'elle, je vous aiderai comme un père.

*

Edouard Quercy, sans me laisser réagir, rejoignit la première classe. J'étais dérouté. Pourquoi cet homme arrivé, avec ses chevalières, sa montre en platine à diamants, cet homme qui affichait tous les signes extérieurs de richesse, voulait-il me rappeler ce temps où il portait tuniques à fleur, fumait du chanvre indien et pratiquait "l'amour libre" ?

Quercy devait être l'un de ceux que ma mère introduisait dans son lit après mon coucher. Par précaution, elle verrouillait la porte entre nos chambres. Ma mère était à la fois une femme libérée et une mère coupable de sa liberté. Pourtant elle ne mentait pas, elle n'avait pas à le faire. Jamais je ne posais de questions sur ceux qui partageaient ses nuits. Leurs cris de jouissance m'informaient bien assez. Moi, juste avant de partir à l'école, j'avais le privilège de la rejoindre dans son lit. A la place laissée, encore chaude, par un amant de passage. Pour me préserver "psychologiquement", elle renvoyait, avant mon réveil, tout homme, si généreux fût-il dans ses ardeurs.

Ni veuve ni mariée, ma mère cédait à son désir, elle pouvait le faire. Moi, j'avais pour devoir d'accepter ses aventures et pour seul droit de jouir de son amour maternel.

Dans la journée, l'existence des amants était gommée. Aucun n'entrait dans la maison. J'avais une place dans la vie de ma mère, eux une autre. Tout s'organisait harmonieusement. J'étais l'homme de jour, ils étaient les hommes de la nuit et je choisis de les ignorer. Maman ne cherchait pourtant pas à cacher leurs existences. Je découvrais souvent, sur la table du petit déjeuner, une cafetière à demi pleine alors qu'elle buvait du thé et moi du chocolat.

Sa vie était sans masque, elle "dissociait" simplement la mère et la femme. C'était un être divisé.

*

Le commandant de bord annonça notre prochain atterrissage à Bamako. J'en voulais à Edouard Quercy. Je partais en Afrique en quête de nouveau et il me forçait à revenir sur ce passé trop lourd.

Voyageur discipliné, j'ajustai la ceinture de sécurité avant que l'hôtesse ne me le demande.

Sur l'aéroport, l'air était étouffant. Plus de trente-cinq degrés de différence avec Paris. A sa descente de la passerelle, Edouard Quercy fut accueilli par une jeune femme noire, en tailleur pantalon rose et blanc. Une Slave capiteuse au départ, une jolie Malienne à l'arrivée. Avec son portefeuille bien fourni, l'homme au nom de vieille province française continuait d'aligner les conquêtes.

Après la sortie de la douane, une escouade de porteurs athlétiques s'empara de nos bagages pour les emporter jusqu'à un minibus dénommé "Luxe et beauté". On monta à bord.

Assommée par la chaleur, une partie de l'équipe s'assoupit sur le trajet vers Bamako. Les sols rouges et les roches ocres, la végétation désolée, les femmes autour des puits, les villages de terre, les troupeaux de cabris et de chèvres. Tout éveillait ma curiosité. On roulait à petite allure. A notre passage, les enfants qui jouaient nous saluaient de la main en criant "Toubabs, toubabs".

En s'approchant de la capitale, la pollution était terrible. Un mélange de poussière, de fumée des bois de cuisine et de gaz d'échappement. On remonta toutes les vitres.

L'équipe du film était hébergée, en centre ville, à la Maison du partenariat Angers-Bamako. Un bel édifice construit sur un parc planté de grands arbres : tamariniers, karités, fromagers, bazans et bougainvillées.

Arguant d'un grand-père angevin, Chantal Davy avait obtenu de la municipalité des logements destinés habituellement aux coopérants techniques et médicaux. C'était une aubaine, on ne pouvait bénéficier d'un meilleur rapport qualité/prix à Bamako où les hôtels convenables sont très chers.

J'étais gâté. Ma chambre était vaste et climatisée. Mon balcon donnait sur le Niger. Après la saison des pluies, l'hivernage, les rives se transforment en jardins maraîchers. Cette verdure était comme un apaisement dans cette ville bruyante.

Comme stagiaire, je devais partager ma chambre avec un autre assistant, malien. C'est en effet sur la base d'une collaboration franco-africaine que le projet avait été financé.

Le stagiaire était en fait une jeune femme, Awa. Impensable de la prendre avec moi. Chantal Davy, la directrice de production, sans gaieté de cœur, dut la recueillir.

Après avoir pris ma Savarine, ce médicament contre le paludisme, je me couchai.

*

Je n'arrivais pas à m'endormir, le ventilateur silencieux assurait pourtant une bonne aération. J'avais la bouche pâteuse. C'était la deuxième nuit où le sommeil me boudait. J'étais angoissé. C'était le premier film auquel je participais. J'avais 27 ans, j'étais un vieux débutant, il fallait que je fasse immédiatement mes preuves.

Après des études à Sup de Co, que j'avais suivies moins par goût du business que pour contrer les rêves de maman - elle me voyait en avocat humaniste, champion de toutes les causes, de la défense des boas d'Amazonie à celle de la secte chinoise Gong - j'étais entré chez Trade International Company. En quatre ans, j'y avais fait le tour d'un univers gangrené par la course au fric. Un matin de septembre, au 17e étage d'une tour de la Défense, les centaines d'heures passées devant un écran à faire défiler les comptes d'exploitation de filiales polonaises ou srilankaises, me parurent soudain vaines. Je démissionnai et revendis mes stock-options. Avec ce petit pactole, je pouvais voir les choses venir.

Depuis l'enfance - de Chabrol à Coppola, de Satyajit Ray à Fellini - ma mère m'avait emmené voir les meilleurs films et j'avais gardé secrètement le désir d'en réaliser un.

J'entrai dans une école privée de cinéma. Une de ces boîtes à mirages qui berce vos illusions narcissiques. J'étais le plus âgé de la section, sans doute l'un des plus motivés.

En fin de formation, on se contenta de nous filer un certificat sans valeur. L'école n'avait pas de contact réel avec les maisons de production. J'avais fait "joujou" 18 mois avec une "caméra-paluche" et je dus frapper aux portes comme tout le monde. C'était difficile. Une mère qui vous a mis sur un piédestal ne vous rend pas humble.

Après six mois de galère, j'obtins un rendez-vous avec Claire Martin pour un stage de qualification professionnelle. Elle me reçut avec Chantal Davy, sa directrice de production. Elles préparaient un téléfilm qui se tournerait au Mali. Ce qu'elles avaient retenu dans mon CV, c'était d'abord mon expérience de cadre international. Elles avaient visiblement besoin de renforcer leur "intendance". J'exprimai timidement que je venais pour un stage d'assistant de réalisation. Claire Martin me sonda alors sur mes connaissances cinématographiques. Elle n'arriva pas à me piéger.

J'avais trouvé sur Internet tout ce qui s'était écrit sur elle et revu sur cassette ses deux films. Ils dataient de la fin des années 80. Depuis, n'ayant pas retrouvé de producteurs après leur échec commercial, elle travaillait pour les chaînes culturelles. Les budgets étaient serrés mais elle avait le sentiment de ne pas se prostituer. Elle restait maîtresse de ses fictions.

Je gagnai des points avec un commentaire pas trop "idiot" de son dernier opus. Il racontait le parcours d'une mère célibataire et chômeuse. C'était réalisé avec tact. Pour qui rêve de débuter avec David Lynch ou Théo Angelopoulos, Claire Martin fait figure de seconde catégorie. Mais pour moi, c'était une chance. Le lendemain, je sautais de joie au téléphone. Elle me prenait. Pas de salaire, mais tous mes frais pris en charge.

Elle me fit, dans l'heure, porter le scénario. Une version provisoire, avait insisté Claire. J'essayai de le lire calmement.

L'histoire était celle d'un jeune Malien qui rêve de devenir riche. Pris dans les griffes d'un rabatteur, il se retrouve cruellement exploité en Côte d'Ivoire. Claire s'était appuyée sur une enquête parue dans le New York Times où l'on dénonçait les formes d'esclavage moderne. Ce n'était pas un mélo pour prime time, elle évitait le piège de la compassion larmoyante. Il s'y manifestait plutôt ce point de vue un peu sec et hautain qu'ont les intellectuels engagés à croire qu'en "dénonçant" les problèmes, on commence à les résoudre. Avec ce film, Claire Martin mangerait ses steaks tartare sur une terrasse de Saint-Germain des Prés, la conscience plus légère. Comme une campagne de presse sur un sujet tabou, son film serait aussi utile que vite oublié.

*

L'aube approchait et je ne trouvais toujours pas le sommeil. Je sortis dans le parc. La Maison du partenariat, comme une ambassade, est surveillée nuit et jour. Un des gardiens d'origine touareg m'intercepta dans une allée. Il avait la tête enroulée dans un chèche bleu, de ceux qu'il porte dans le désert pour se protéger des vents de sable. M'ayant identifié, il me proposa une cigarette. Je la fumai, sur un banc, dans la fraîcheur de la nuit. Je regardais les étoiles. " Le ciel était un tableau noir, la voie lactée, son chemin des écoliers". Une belle phrase d'Antonio Tabucchi me revint en mémoire.

Je retournai dans mon lit vers trois heures et je finis par m'endormir. Un bref répit. Bamako s'éveille tôt et bruyamment. Avant même le lever du soleil, je fus réveillé par un drôle de concert où, sur fond des pétarades de mobylettes, se confondaient coassements de grenouilles, cris d'oiseaux, aboiements de chiens errants, miaulements de chats sauvages et chant du coq. Pour couronner le tout, on entendit des cris de protestations où revenait le même slogan : "Des bourses pour tous, des trousseaux pour chacun".

Je m'habillai et sortis par le portail. Une foule agitée secouait les grilles de la Faculté des lettres installée en face de la Maison du partenariat. Le bâtiment, construit par les Soviétiques en 1963, était dans un total délabrement : vitres cassées, pelouses non entretenues, mobilier brisé. Depuis l'avènement de la démocratie en 1991, la population scolaire avait explosé et le système éducatif était en crise. Le gardien touareg me dit dans un soupir qu'à chaque rentrée, les étudiants se mettaient en grève. Aujourd'hui, ils réclamaient les livres et le matériel scolaire que l'Etat n'arrivait plus à leur fournir.

La contestation étudiante précipita le réveil de toute l'équipe.

Chantal Davy faisait la gueule. Elle avait mal dormi. Nous étions en période de Ramadan. Awa, la stagiaire, se levait la nuit pour faire ses prières et ses ablutions. Devant se nourrir avant le lever du soleil, elle avait transformé la salle de bains en réfectoire. Relents de cuisine épicée et bruits de vaisselle avaient mis les nerfs de Chantal à vif. La Maison du partenariat étant au complet, on ne pouvait loger Awa ailleurs. Chantal n'avait qu'une solution en tête, la virer. Le Mali était une terre d'Islam, il fallait agir avec délicatesse. Elle convoqua Awa et la persuada que le tournage serait trop pénible pour une jeune femme qui observait le jeûne. Elle lui promit qu'elle l'inviterait en France sur un autre film. Awa n'était pas dupe des promesses mais s'en alla avec dignité.

Claire Martin avait une réputation de chronomètre suisse. A dix heures pétantes débuta la première réunion d'équipe. On rappela à tous leurs engagements : discipline et efficacité.

Le tournage ne commençait que le lundi suivant. D'ici là, on finirait d'organiser la logistique et de boucler la distribution. Il manquait une trentaine de personnes pour incarner les villageois. De Paris, Chantal Davy avait pris contact avec l'Institut National des Arts. Une séance de casting était prévue à midi. Tout ce que Bamako compte d'acteurs professionnels défilerait. Quelques jours dans un film français, même payés au minimum, représentent beaucoup dans un pays où le salaire mensuel d'un professeur est de moins de cent euros.

Au printemps dernier, Claire Martin était venue en repérages au Mali. Elle avait parcouru le Pays Dogon. Elle rêvait de tourner à Songho, un village niché dans un paysage de canyons américains, elle avait "vu" l'histoire de Youssouf, l'enfant migrant, là, dans cette nature aussi grandiose qu'hostile. Son budget de guerre ne lui permettait pas. Sur le conseil d'un jeune producteur malien, elle avait trouvé à quinze kilomètres de Bamako des espaces qui ressemblaient à ce "lieu idéal".

Pour le rôle délicat de Youssouf, Claire avait déniché dans un collège de Montreuil, ville où réside une large communauté malienne, la "perle rare". Boutros Konaté était un garçon de quinze ans, longiligne et très intelligent. Ses parents, des cadres informaticiens, vivaient en France, mais une grande partie de sa famille habitait toujours Segou, une ville à deux cents kilomètres de Bamako où Boutros passait ses vacances d'été.

Il parlait ainsi aussi bien le français que le bambara. C'était un avantage. Claire Martin voulait faire jouer ses acteurs dans cette langue. Elle prévoyait un sous-titrage en français.

Le contact avait été immédiat entre Claire et Boutros. Une belle relation se construisait entre cette femme célibataire, secrète, dévorée par son métier, et le jeune Malien. Boutros était devenu la "muse" de sa réalisatrice. Pendant la préparation, ils avaient passé de longues heures en tête à tête, à parler de l'Afrique et d'eux-mêmes. Chantal Davy supportait mal cette mise à l'écart. Le lien entre elle et Claire était complexe. Elles se donnaient du "vous" dans un étrange rapport où elles jouaient en alternance les rôles de "maître et d'esclave". Qui dominait vraiment l'autre ? Il y avait comme de l'amour veuf entre elles, les restes refroidis d'une passion.

Chantal Davy refusait, elle, c'était sûr, de séduire un homme.

Toujours vêtue de jeans et d'un gilet de cuir passé sur des sweat-shirts trop larges, elle en rajoutait encore en fumant de gros cigares "bâtons de chaises".

*

Ma première tâche d'assistant consista à recevoir les comédiens. Plus de deux cents personnes voulaient passer l'audition. Des étudiants de la faculté s'étaient infiltrés dans la file. La rumeur courait déjà dans Bamako que nous recherchions aussi des figurants. Devant leur insistance, je les enregistrai. Ils étaient plutôt photogéniques. Je donnai à chacun le court texte qu'ils devaient lire devant Claire.

Claire : Au suivant, allez, on se presse !

Avec la brutalité d'un nabab de Hollywood, Claire faisait défiler les acteurs, elle stoppait après quelques secondes ceux qu'elle jugeait nuls. Cette audition prenait des allures d'abattage. Les recalés repartaient humiliés. Ils ignoraient que Claire Martin ne prend de gants avec personne. Elle exerce une pression si forte en tournage qu'elle ne repart jamais avec la même équipe. Une seule expérience et on est vacciné !

Pour *Enfance noire*, ses techniciens étaient en majorité détachés d'antennes régionales de France 3. Une fois encore, Chantal Davy devrait user de son habileté pour "dégoupiller les conflits". Sans elle, bien des tournages ne seraient pas allés au bout.

Après cinq heures d'auditions, Claire Martin boucla sa distribution, trois étudiants en faisaient partie. Je n'avais donc pas fait de boulette en les inscrivant.

Autre urgence, il fallait trouver une personne pour finir les dialogues en bambara. A Paris, Claire s'était fâchée avec sa traductrice malienne. Je pris contact avec Le Figuier, une maison d'édition. Moussa Diallo, un correcteur, par ailleurs professeur de lettres - à Bamako, un intellectuel survit en cumulant les emplois - accepta de faire ce travail. Il disposait d'une petite semaine. Les brochures devaient être remises aux acteurs deux jours avant le début du tournage. Double miracle, l'ordinateur du Figuier lisait la disquette de Claire et Moussa comprenait bien ce qu'elle désirait : une langue concise et poétique.

*

J'étais content : sur ce film, je n'avais rien du stagiaire grouillot. Claire, si avare en compliments, m'honora d'un "T'es bien, tu piges vite ce que je veux".

Chantal Davy, par contre, prenait ombrage de notre collaboration artistique. Elle voulut me reprendre en main et me chargea du ravitaillement en eau potable.

Chantal : Chaque technicien a droit à ses trois bouteilles capsulées par jour, c'est syndical... Tu vas me gérer les stocks et débrouille-toi pour avoir des prix de gros. Je n'ai pas le budget pour payer le litre à 400 CFA.

*

Moussa Diallo rendit sa traduction à temps, Claire décida d'organiser une lecture le samedi après-midi. Je dus convoquer dans l'urgence les comédiens maliens, ce qui n'est pas évident dans une ville où le téléphone fixe reste rare et le portable un luxe. Incroyable, mais tous se présentèrent à l'heure.

En préambule, Chantal Davy distribua le plan de travail. C'était une organisatrice hors pair. Tout était détaillé. Chacun reçut une convocation individuelle par journée de tournage. Ensuite, Claire prit le relais.

Claire : Maintenant, on va lire... Comme vous allez le voir, les dialogues sont plus serrés. J'ai beaucoup élagué. Ce n'est pas un sacrifice. J'ai envie d'un film visuel, sans bavardage... Un film avec de l'espace, de l'air et peu de mots. Tout s'organise à partir du parcours du personnage de Youssouf, c'est de son point de vue que le monde est regardé. Cette histoire, pour moi, c'est un western intime. Un enfant seul contre son milieu qu'il quitte, contre des salopards qui l'exploitent, contre la nature qui lui est hostile. C'est comme une sorte de roman d'initiation... Maintenant, assez de discours, on y va. Il y a vingt-trois séquences. Je vais lire la version française. Pour que l'équipe technique comprenne ce qu'on se dit. Moussa lira ensuite les dialogues en bambara.

(Lisant le scénario)

Enfance Noire. Un film de Claire Martin.
Dialogues Claire Martin et Moussa Diallo.

Séquence une

Nimbougou. Un village dans une région de collines du sud du Mali. Scènes de la vie quotidienne : des femmes pilent les grains de mil dans les mortiers, d'autres cuisinent sur des réchauds, brodent des boubous... Des sœurs aînées tressent les cheveux de leurs cadettes.

Youssouf, une quinzaine d'années, lave des chèvres. Il entend un bruit de mobylette qui vient du lointain. Un bruit inhabituel dans ce village très isolé. Un homme apparaît sur la piste, il conduit une ancienne Vespa parfaitement entretenue. Quand il s'arrête, les femmes interrompent leur ouvrage et le rejoignent.

L'HOMME : Bonjour, femmes de Nimbougou.

Les femmes lui répondent en chœur.

FEMMES : Bonjour, bonjour...

Le jeune homme ouvre une grande valise pleine d'étoffes. Il porte un blue-jean et une chemise noire ornée de broderies rouges. Il est élégant, impeccable.

Youssouf, à distance, le dévore des yeux.

Lui est vêtu d'un vieux short et d'un maillot de corps déchiré et va pieds nus. Le jeune homme est chaussé de magnifiques chaussures de cuir noir avec des empiècements rouges.

Le jeune homme est habile pour commercer avec les femmes. Elles admirent ses pièces de tissus, demandent leurs prix, s'en entourent la taille en riant...

Plus tard, le jeune homme a remballé sa marchandise. Au moment de chevaucher sa Vespa, Youssouf l'arrête.

YOUSSOUF : Bonjour !

LE JEUNE HOMME : Bonjour... Tu veux acheter quelque chose ?

YOUSSOUF : Non... Elles sont belles vos chaussures...

LE JEUNE HOMME : Elles te plaisent. Je regrette mais elles ne sont pas à vendre !

YOUSSOUF : Comment gagne-t-on de l'argent pour avoir des chaussures comme ça ?

LE JEUNE HOMME : En travaillant dur...

YOUSSOUF : Ici, j'aide ma famille, je travaille beaucoup.

LE JEUNE HOMME : Quel âge as-tu ?

YOUSSOUF : 15 ans.

LE JEUNE HOMME : Alors t'as l'âge de partir d'ici. Fais comme moi j'ai fait, va travailler en Côte d'Ivoire ! C'est un pays riche. Tu gagneras de l'argent et tu pourras t'acheter des chaussures comme les miennes. Quand je suis parti, j'avais ton âge.

YOUSSOUF : C'est vrai ?

LE JEUNE HOMME : Là-bas, j'ai fait des économies puis je suis revenu vendre ces tissus qui plaisent beaucoup aux femmes de ton village. Allez, au revoir !

YOUSSOUF : A bientôt Monsieur.

Séquence deux

Le vendeur s'éloigne. Youssouf va s'asseoir à l'ombre d'un balanzan. Il regarde la mobylette se fondre dans le paysage. Il rêve. Kani, un jeune de son âge vient le rejoindre.

KANI : Youssouf, ton père te demande. ... Allez, ce n'est pas le moment de te mettre à l'ombre. Il y a du travail.

YOUSSOUF : Je le sais, Kani !

KANI : Alors viens, paresseux !

YOUSSOUF : Je ne veux plus marcher pieds nus.

KANI : Quoi ?

YOUSSOUF : Je veux partir !

KANI : Partir ?

YOUSSOUF : Oui. Ici, je suis un poisson qui tourne en rond dans son puits. Je veux partir loin d'ici et devenir riche !

KANI : Rappelle-toi, Mouctar Kaouni ! Il est revenu de l'étranger, le corps couvert de plaies et de blessures. On l'avait battu chaque semaine. Il n'avait même pas de quoi s'offrir un bol de mil.

YOUSSOUF : Kani, tu n'arriveras pas à me faire peur. Mouctar est un escogriffe, un bagabouss. Moi, je reviendrai avec de beaux habits...

KANI (rigolant) : Habillé comme un épi de maïs.

Youssouf se lève et rejoint son père.

On passa le dimanche à finir de charger les camions. Une partie du matériel technique arrivé par container spécial avait été bloqué à l'aéroport toute la semaine. Chantal Davy avait dû céder et payer un gros bakchich pour le récupérer.

Claire, pendant qu'elle discutait des lumières avec le chef-opérateur, m'avait demandé de faire répéter Boutros. Il avait appris son rôle à la fois en français et en bambara. La différence des sonorités et des rythmes était inouïe. Il savait son texte au rasoir. Alors qu'une certaine nervosité gagnait l'équipe, lui qui allait porter le film restait d'un calme entier. Dans ses yeux, je devinais qu'il serait à la hauteur des attentes de sa réalisatrice.

*

Le lundi, dès l'aube, l'équipe était sur le pied de guerre pour rejoindre le lieu du tournage. On prévoyait de travailler de sept heures à midi, il fallait surtout éviter le pic de chaleur. Ensuite sieste, puis reprise de trois à cinq. Comme la nuit tombait très vite, le retour à Bamako était prévu pour sept heures.

Le plan de travail était chargé. On n'allait pas chômer durant ces seize jours de tournage.

Claire Martin avait décidé de filmer en plans séquences. Visiblement, l'équipe aurait préféré des plans courts. D'emblée, des tensions se firent sentir.

Technicien : Plus il y a de plans, plus il y a de combinaisons, plus c'est découpé, mieux ça permet de se récupérer au montage... Claire, tu sais bien ça...

Claire : Christian, je connais ce discours par coeur "tu verras au montage". Permets-moi de te le dire, je trouve ça idiot. C'est comme si au restaurant, les gens commandaient toute la carte pour être sûrs de tomber sur un plat qu'ils aiment. Moi, je ne veux pas avoir d'indigestion. Moi, j'aime les plans séquences parce que ça lance un film, ça me procure des frissons. C'est sûr, c'est moins pépère, ça mobilise toute l'équipe, il faut donner un coup de rein pour arriver au bout du plan. De toute façon, on va essayer.

Chantal : Allez, Claire, on fait une pause et on boit une bière. Vous savez, les gars, la patronne, c'est une Bretonne ! Vous ne la ferez pas changer de cap.

Obstinée, Claire ne cédait rien. Son film comptait davantage que le confort de l'équipe. On n'est pas un créateur sans égoïsme. Elle acceptait d'être haïe. Si elle était exigeante, c'est qu'elle ne voulait pas filmer en "pantouflarde de l'idiovisuel". Elle répétait longuement avec Boutros et ses comédiens. Comme au théâtre, chaque situation était explorée et essayée plusieurs fois. Claire ne décidait du placement définitif qu'à la fin. Les techniciens ne pouvaient guère anticiper sur le plateau. Ils devaient faire la mise en place dans l'urgence. Dans son dos, ils râlaient.

Technicien 1 : On bouine, on perd notre temps... Pourquoi elle n'a pas répété à Paris, puisque le gamin est de Montreuil ?

Technicien 2 : Je ne comprends rien à ses méthodes... A ce rythme-là, c'est une bobine qu'on va mettre en boîte !

Technicien 3 : Il va falloir qu'elle en rabatte un peu sur le détail ! On fait de la télé, nous, on ne travaille pas pour la Cinémathèque.

*

Les jours suivants se passèrent mieux. Les techniciens s'adaptaient à la méthode de Claire. Un peu couards, ils avaient compris que c'était une femme forte qui savait ce qu'elle voulait. Elle les bousculait, les mettait au défi. Elle montrait un malin plaisir à souligner leurs limites. Ils finissaient par avoir la trouille de se faire traiter de ringards. Sur le plateau, j'étais très proche de Claire. A mi-mot, elle comprenait que j'étais un allié dans sa bataille contre la routine et le faux "savoir-faire". J'avais du plaisir à la regarder diriger ses comédiens. La plupart étaient inexpérimentés mais elle savait voler en eux les gestes justes, les regards qui ont du poids. Boutros, lui, était un acteur-né, il avait la grâce. Claire portait sur lui les yeux de Sternberg pour Dietrich, de Rossellini pour Ingrid Bergman, de Godard pour Karina, elle en était amoureuse. Boutros était si concentré que sa concentration déteignait sur tous. Les plans séquences dont il était le centre ne faisaient l'objet que d'une ou deux prises... Même le cameraman, un homme sec, le félicitait.

Boutros avait un immense talent mais pas la grosse tête... Sur ce champ de mines qu'est un plateau, il gardait son sourire tranquille. Grâce à lui, on respectait le plan de tournage contrairement à ce que les "Cassandre" de l'équipe avaient prédit.

(Claire continue la lecture du scénario)

Enfance Noire. **Séquence trois**

Le soir, devant les cases. Après le repas. Les femmes font la vaisselle. Les hommes entre eux "palabrent". A l'écart, le père et l'oncle de Youssouf écoutent sur une petite radio les nouvelles.

Youssouf tourne en rond autour d'eux. Le père sent bien que son fils veut lui demander quelque chose.

PÈRE : Pourquoi n'es-tu pas avec tes frères et tes cousins ?

YOUSSOUF : Papa, je veux te dire quelque chose. Je ne veux pas retourner à l'école à la rentrée...

PÈRE : Chasse cette idée de ta tête ! Tu es mon premier fils et tu dois recevoir la connaissance. Je l'ai décidé.

YOUSSOUF : Père, je veux gagner de l'argent tout de suite.

PÈRE : L'argent, chez les jeunes, il n'y a plus que ça qui compte, l'argent. Moi je veux que tu deviennes un homme instruit.

YOUSSOUF : Un homme instruit sans argent, c'est quoi ? Un être amer et envieux. Regarde Kardigué, mon cousin. Il a été au lycée à Bamako, c'était un élève brillant. Il a été reçu à tous ses diplômes. Aujourd'hui, il n'a pas trouvé d'emploi dans les bureaux, c'est son jeune frère le coiffeur qui le nourrit. Kardigué l'instruit a honte. Je ne veux pas être comme lui. Je dois partir.

PÈRE : Et partir où, jeune cabri ?

YOUSSOUF : En Côte d'Ivoire, là-bas, on devient riche quand on est courageux.

PÈRE : Qui t'a dit cela ?

YOUSSOUF : Personne. Et puis, je vous enverrai mes économies. Mes sœurs s'achèteront des boubous en basin.

PÈRE : Assez ! Youssouf, tu retourneras au collège. Tu as bien compris !

YOUSSOUF : Un fils doit obéir, je le sais. Mais pourquoi, père, veux-tu me priver de bienfaits ?

Youssouf affronte le regard de son père. Son oncle le regarde d'un œil sévère sans dire un mot.

PÈRE : Fils, baisse les yeux et rejoins ta case tout de suite.

YOUSSOUF : Oui, Père.

Séquence quatre

Une semaine plus tard, la nuit, Youssouf est allongé au milieu de ses frères et cousins endormis... Il se lève et sort discrètement de sa case.

A la sortie du village, il soulève des charges de bois de cuisine. Il a caché dessous un ballot. Il en extrait un pantalon de toile, une chemisette et une paire de tongs. Youssouf enfile rapidement ces vêtements, sans aucun doute les moins usés qu'il possède.

Youssouf regarde le ciel. Il observe les étoiles. La voie lactée est comme une grande carte où il repérerait son chemin. Il se dirige vers le sud, vers la Côte d'Ivoire. Il marche très vite dans la nuit son ballot sur l'épaule.

Séquence cinq

Le lendemain. Youssouf avance sur une route qui traverse une savane arborée. Il marche avec la conviction qu'il accomplit "son" destin.

Etendues en friche, buissons et arbres calcinés, il fait très chaud. Youssouf est en sueur. Il s'arrête devant un point d'eau et boit. Il remplit une petite calebasse qui lui sert de gourde. Il repart d'un pas rapide sur la route. On aperçoit une ville au lointain.

L'horizon s'est assombri, Youssouf s'allonge sous un arbre de karité.

Chantal Davy, la chef de production, m'avait pris en grippe. Elle multipliait les réflexions désobligeantes à mon égard. Elle avait l'impression que j'avais usurpé sa place de conseillère artistique. La réalité était autre. Claire savait par avance ce que pensait Chantal, elles se connaissaient trop. Mon point de vue était nouveau. Elle pouvait me "vampiriser" et j'y consentais avec fierté. Un assistant fonctionne comme un réservoir d'imaginaire.

Un lundi matin, je m'aperçus qu'il ne restait qu'un carton d'eau capsulée. On partait dans la demi-heure, il y avait urgence. Je récupérai cinquante bouteilles vides dans la cuisine de la maison du partenariat et les remplis à la hâte au robinet d'eau filtrée.

En catimini, je mis les bouteilles dans les glacières et les chargeai dans le quatre-quatre.

Au programme de la journée, la délicate séquence vingt où Youssouf est puni brutalement. Durant une pause où la maquilleuse dessinait les marques de fouet sur le corps du gamin, l'incident éclata.

Les techniciens voulaient arrêter de travailler. Chantal Davy tenait sa revanche.

Chantal : Qu'est-ce que t'as foutu avec l'eau ?

Pierre : Quoi...

Chantal : Faux-jeton, tu croyais que ça passerait comme cela ?

Pierre : On est en rupture de stock.

Chantal : C'est de ta faute, si t'avais commandé quand il fallait...

Pierre : Je pensais qu'il restait encore trois cartons. Le dimanche, on ne peut pas se réapprovisionner.

Chantal : Ici, c'est toujours possible. Les gars sont furieux, ils veulent repartir à Bamako.

Pierre : Cette eau, des gens la boivent...

Chantal : Ecoute, l'eau capsulée, c'est un droit syndical. Alors on fait quoi avec tes conneries, on perd la journée !

Pierre : Cette eau est potable, je vous dis...

Chantal : Tu pouvais nous prévenir avant de partir. T'es qu'un faux jeton !

Pierre : Qu'est-ce que vous voulez dire ?

Chantal : Ce que je veux dire, c'est que tu es sous mon autorité, que je t'ai donné des tâches précises à remplir et que tu ne les remplis pas, tout ça parce que tu préfères faire de la lèche à Claire.

Pierre : Quoi ?

Chantal : Je vois bien ton petit jeu avec elle.

Pierre : Quel jeu ?

Chantal : Ne fais pas l'innocent. Tu me prends pour qui ?

Pierre : Je fais mon travail, c'est tout. Je lui fais des suggestions.

Chantal : Tu la caresses dans le sens du poil. Ça lui va, elle aime qu'on la flatte.

Pierre : C'est ça, le fond du problème, ce n'est pas l'eau !

Chantal : Pas du tout. On t'a recruté comme stagiaire polyvalent, pas pour jouer le conseiller inspiré, les éminences grises...

Pierre : N'importe quoi ! Qu'est-ce que vous voulez au juste ?

Chantal : Que tu nous respectes !

Pierre : Mais c'est quoi cette histoire ?

Chantal : Parfaitement, tu débutes dans le métier, et tout de suite, c'est la prétention. Ça dit à peine bonjour à l'équipe, ça ne parle qu'à la chef !

Pierre : Merde, c'est elle qui m'a demandé de l'assister.

Chantal : De toute façon, aujourd'hui, on va remballer, on ne tourne plus !

Pierre : Mais c'est ridicule !

Chantal : Nous, on ne travaille pas sans boire, on n'est pas des musulmans, on ne fait pas le Ramadan !

Pierre : Je vais retourner à Bamako chercher de l'eau !

Chantal : Non, c'est trop tard. T'as trahi ma confiance. Je veux être nette. Je vais demander ton renvoi.

Pierre : Ce n'est pas normal, c'est dégueulasse.

Chantal : Si, moi j'aime les gens loyaux, pas ceux qui par incompétence peuvent nous empoisonner.

Pierre : C'est du délire !

Chantal : Délire ou pas, tu vas dégager...

Pierre : Je vais aller m'expliquer auprès de Claire...

Chantal : Tu peux toujours... T'as fait une lourde faute professionnelle, tu fous une journée de tournage à l'eau... Elle est déjà prévenue, si tu ne pars pas, c'est moi qui quitte le tournage. Il va bien falloir qu'elle choisisse.

Pierre : Grosse salope...

Chantal : Et, en plus, injures au chef du personnel...

*

Claire n'avait pas d'autre choix que de céder au chantage de son associée. La chef de production, en dressant l'équipe contre moi, savait qu'elle l'obligeait à me virer. Chantal Davy avait doublement gagné, elle avait obtenu ma peau et la reprise du tournage. Pour la journée, on ferait bouillir l'eau filtrée et les techniciens boiraient du thé.

Avant de partir, j'allai embrasser Youssouf et les comédiens. Lâche, Claire s'était enfermée dans la caravane qui lui servait de loge et de bureau.

Dans son duel permanent avec Chantal, elle avait perdu une manche. C'était bien un couple infernal qui se cachait derrière ce duo professionnel. Je m'en voulais d'avoir été manipulé comme un pion, de m'être laissé entraîner dans leur jeu pervers.

Je repartis à pied. Après cinq kilomètres de piste, j'atteignis la route de Bamako et sautai dans un bus. J'étais sonné, j'avais envie de chialer. J'aimais vraiment être sur ce film. A la Maison du partenariat, j'expliquai ma situation au directeur, un type toujours souriant, vêtu de chemises hawaïennes. Mon hébergement était réglé jusqu'à la fin du tournage. Je pouvais rester. Je n'avais d'ailleurs pas d'autre choix. Mon billet de retour n'était pas modifiable.

*

Sympa, le jeune directeur me proposa de déménager dans l'aile opposée. C'était un soulagement de ne pas risquer de tomber nez à nez avec celles qui m'avaient congédié comme un valet.

Ma nouvelle chambre donnait sur le patio. Je me jetai sur le lit. Je me sentais vide, blessé, amer. Avais-je vraiment snobé l'équipe ? Joué une carte personnelle ? Non ! J'aimais seulement discuter avec Claire de l'esthétique de son film. On prend aussi souvent ma timidité pour du mépris.

J'étais vraiment trop mal et j'avalai trois Temesta. Assommé par les somnifères, je ne me réveillai que le lendemain, à l'heure où l'équipe partait. J'entendis Chantal hurler.

Chantal : Dépêchons-nous, on prend du retard. Aujourd'hui on tourne les séquences les plus longues, la six et la sept.

(Claire continue la lecture du scénario)

Enfance Noire. **Séquence six**

Après une marche de deux jours, Youssouf arrive à Sikasso, une ville située à quatre kilomètres de la frontière de la Côte d'Ivoire.

Il déambule dans un marché africain et se mêle à la foule qui grouille autour des échoppes de bois et de tôle. Il regarde des étals de toutes sortes : cigarettes, tissus, montres, vieilles roues, transistors usagés, tapis de prière, paniers de légumes et de fruits, sacs de mil, blé, sogho. Youssouf a faim. Il profite d'un moment d'inattention d'une marchande pour subtiliser trois bananes. Il s'éloigne très vite par peur d'avoir été repéré, il se met à courir.

Plus tard, dans la gare routière, il mange ses bananes. Il pleure. Il se sent coupable. C'est sans doute la première fois de sa vie qu'il a volé.

Au guichet, il demande le prix du ticket pour la Côte d'Ivoire.

YOUSSOUF : C'est combien pour Daloa.

L'EMPLOYÉ : 700 CFA mais on doit présenter des papiers.

YOUSSOUF : Merci, Monsieur.

Séquence sept

Youssouf est assis sur un terre-plein devant la gare. On le sent désemparé. Un homme d'une quarantaine d'années s'approche de lui. Il porte des chaussures de cuir qui ressemblent à celles du jeune vendeur qui était venu dans son village.

DOSSO : Bonjour.

YOUSSOUF : Bonjour.

DOSSO : Je t'ai vu ici, hier ?

YOUSSOUF : Oui. J'étais déjà là.

DOSSO : Je me présente, Monsieur Dosso. Tu cherches du travail ?

YOUSSOUF : Oui, je viens de Nimbougou.

DOSSO : C'est pauvre chez toi.

YOUSSOUF : Oui, Monsieur.

DOSSO : Il y a du travail, bien payé, de l'autre côté de la frontière.

YOUSSOUF *(illuminé)* : En Côte d'Ivoire, Monsieur...

DOSSO : Oui. Si tu veux, je peux te trouver quelque chose là-bas.

YOUSSOUF : Vraiment, Monsieur Dosso ?

DOSSO : Oui. Il suffit qu'on soit d'accord.

YOUSSOUF : Je vais être d'accord, Monsieur. J'ai besoin de travailler.

DOSSO : Tu dois t'engager au moins pour un an... C'est le contrat, tu l'acceptes ?

YOUSSOUF : Bien sûr, Monsieur Dosso.

DOSSO : Alors suis-moi.

Séquence huit

Youssouf suit l'homme. Ils se retrouvent dans un garage. Des jeunes hommes, plus âgés que Youssouf, attendent étendus sur des nattes.

DOSSO : Voilà Youssouf. Comme vous tous il veut devenir riche ! Départ demain matin à cinq heures. Passez une bonne nuit.

Youssouf s'asseoit au sol parmi les autres garçons. Tous semblent pleins d'espérance et jouent aux cartes.

ABDOUL : Bonjour. Tu viens d'où...

YOUSSOUF : De Nimbougou...

ABDOUL : T'as déjà quitté le Mali ?

YOUSSOUF : Non, c'est la première fois.

ABDOUL : Tu as peur ?

YOUSSOUF : Un peu.

ABDOUL : Ça se passera bien. L'an dernier, j'étais en Mauritanie, je lavais la vaisselle dans un restaurant tenu par un chinois. J'ai rapporté chez nous 200.000 CFA.

YOUSSOUF : C'est beaucoup, dis-donc.

ABDOUL : J'en ai donné la moitié à ma famille et avec le reste, j'en ai bien profité, je suis allé au cinéma et j'ai acheté des habits. Regarde.

Abdoul sort d'un sac Adidas des vêtements neufs et une paire de chaussures de sport.

YOUSSOUF : Moi, je rêve d'avoir des chaussures en cuir.

ABDOUL : Comme celles de Monsieur Dosso ?

YOUSSOUF : Plus belles avec du cuir rouge et du cuir noir...

ABDOUL : La Côte d'Ivoire, c'est riche. Là-bas, on va mettre beaucoup d'argent de côté et après je reviendrai à Ségou ouvrir un restaurant.

YOUSSOUF : Tu sais lire ?

ABDOUL : Mal, mais je compte bien. Et toi ?

YOUSSOUF : Je sais lire et écrire. J'étais au collège...

ABDOUL : Pourquoi tu ne continues pas ?

YOUSSOUF : Je veux gagner ma vie tout de suite. Quel travail Monsieur Dosso il va nous trouver ?

ABDOUL : Dans les hôtels des touristes, j'ai demandé. Tu lui as dit que t'étais instruit ?

YOUSSOUF : Non. Je peux faire n'importe quoi... Je ne suis pas un prince.

Dans le garage, un garçon se met à frapper sur un petit tambourin. Tous les autres se mettent à chanter une chanson. Une chanson traditionnelle qui charrie tous les espoirs des jeunes émigrants.

En me faisant exclure de ce tournage, j'avais grillé mes chances d'en trouver d'autres. Le cinéma est un milieu fermé où tout se sait. Je me sentais comme un paria dans ce monde que je voulais détester maintenant. A 27 ans, je n'avais pas l'intention de jouer les carpettes pour obtenir une carte professionnelle. Le cinéphile ne serait jamais cinéaste. Etait-ce si grave ? Avant mon retour à Paris, il restait dix jours, je ne pouvais les passer à me morfondre dans ma chambre. De Bamako, je ne connaissais que les artères principales, aperçues derrière les vitres des taxis. La ville, j'allais la parcourir en piéton. L'arpenter de long en large. En marchant, j'évacuerais peut-être mes idées noires. Sur mon guide, je voyais que Bamako était très étendue. Une vaste et complexe mosaïque. Au nord, les restes de la ville coloniale et les bâtiments administratifs, dans le centre, les marchés et les mosquées, la poste, la gare, la foule, et puis à l'est, à l'ouest, les quartiers populaires, où vit la majorité de la population.

Par misanthropie sans doute, je décidai, en premier, de visiter le zoo. Installé, au nord, sur la colline de Coulouba. Dès ma petite enfance, j'ai partagé avec ma mère la passion des félins. Elle m'emmena visiter les zoos, celui de de Vincennes, mais aussi ceux de Bâle, de Londres et de Berlin. Ma chambre était tapissée d'affiches de tigres, de lions, de léopards argentés. Nous avions même envisagé de faire pour mes 15 ans un safari au Kenya en Land Rover. La peur de se retrouver au milieu de Tartarins sanguinaires avait retenu maman.

Parcourir Bamako à pied tient de l'épreuve. Les vents de poussière et les fumées d'échappements rendent l'air irrespirable. Je me couvris la bouche et le nez avec un mouchoir humide. Je quittai vite les axes goudronnés à la circulation folle, pour emprunter les allées de terre qui quadrillent les concessions : ces villages au cœur de la cité. Dans les cours fermées, on élève poulets et moutons, on teint les étoffes, on répare les moteurs, on coud, on taille des boubous, on enfile des perles, on se tresse les cheveux. Toujours à laver, à cuisiner, à frapper le mil, les femmes africaines ne restent jamais inoccupées. Alors que leurs frères jouent au foot avec des ballons de fortune, les petites filles aident déjà ces servantes à perpétuité que sont leurs mères. Au cœur des concessions, on sent battre le pouls de cette vie traditionnelle, que le modèle occidental est en train de ruiner. Une vie où le temps n'est pas chronométré par le banquier et l'ingénieur. Une vie où l'individu n'existe que par les relations que tissent la famille, le clan, la caste autour de lui.

Après avoir pris la route qui menait au palais présidentiel, j'arrivai au zoo de Bamako. Il était dans un abandon général. Allées couvertes d'ordures, clôtures arrachées. La plupart des cages, rongées par la rouille, étaient vides. Des squelettes finissaient de blanchir au soleil. Quelques enfants endimanchés tenus à la main par leurs parents s'agglutinaient devant les rares animaux : un marabout qui tournait en rond sur deux mètres carrés de ciment, une petite dizaine de ouistitis au cul pelé, un chimpanzé épuisé de vieillesse, deux crocodiles coincés dans un étroit bassin d'eau putride, un lion décharné, somnolant sous son abri de ferraille... J'étais triste de voir que ces animaux, sur le continent qui les avait vus naître et vivre des milliers d'années, semblaient encore plus maltraités qu'en Europe. Mais comment reprocher à des gardiens sous-payés de manger la viande destinée aux bêtes ? J'allais quitter ce jardin de désolation quand j'aperçus une pancarte "Fauves". Je la suivis. Derrière un grillage, si serré qu'on avait du mal à les voir, deux jeunes panthères mouchetées, deux beautés. J'en voulais au gardien taliban de leur imposer cette "burqa" métallique. Je m'approchai du grillage pour mieux les contempler. Surprises, elles crachèrent, leur geôlier avait gagné. Elles lui étaient soumises, elles se refusaient au regard de l'étranger. Lui seul pouvait jouir de leur splendeur. Je sortis du zoo triste et déprimé. Dans la misère des animaux, je projetais mon propre désenchantement. Je ne me sentais plus à ma place dans ce monde qui impose la captivité aux espèces sauvages. Devais-je le quitter comme ma mère l'avait fait ?

Je parcourais d'un pas lourd les avenues bordées d'immenses maisons coloniales transformées en ministères. A un carrefour, où je faillis être renversé par un camion, j'obliquai vers la droite. Je débouchai bientôt sur le marché aux fétiches, situé, par un raccourci assez symbolique, entre l'assemblée nationale et la grande mosquée. C'était extraordinaire de voir toutes ces têtes, ces peaux de singes, de serpents, de caméléons mais aussi ces griffes, plumes, os, crocs, plantes, racines et herbes de toutes sortes qui entrent dans la composition des boli, ces fétiches protecteurs.

Pour m'aider à retrouver le moral, à résoudre mes problèmes, à réussir dans mes entreprises futures devais-je, comme m'y incitait un marchand, acheter un fétiche ? Persuasif, il finit par me passer autour du cou un collier de dents de tigre.

Je retournai dans ma chambre et malgré mon "boli", le cafard ne me quittait pas. Je pris de nouveau des comprimés et me couchai. Il était à peine cinq heures de l'après-midi.

Le lendemain matin, j'eus encore l'estomac noué quand j'entendis les camions de l'équipe démarrer. Je ne pouvais m'empêcher d'imaginer les séquences du jour qu'ils allaient filmer.

(Claire poursuit la lecture du scénario)

Enfance noire. **Séquence neuf**

Un camion bâché en mauvais état est garé dans la rue.

DOSSO : Bonjour. Tout le monde est prêt ?

LES GARCONS : Oui, Monsieur Dosso.

DOSSO : Avant de partir, je vais vous prendre en photo. A la frontière, il le faut pour les papiers.

Dosso photographie successivement chaque garçon avec un Polaroïd. Ils regardent avec amusement leur visage se révéler sur la pellicule. Ensuite Dosso demande à chacun leur nom et leur âge et les inscrit derrière les photos.

DOSSO : Donnez-moi votre nom et votre âge.

LES GARCONS *(à tour de rôle)* : Daouda, 17, Mamadou, 17, Seydou, 18, Amadou, 17, Afo, 18, Oumar, 17, Madani, 18, Abdoul, 17 ans...

DOSSO : Et toi Youssouf ?

YOUSSOUF : ...

DOSSO : Tu me sembles plus jeune ?

YOUSSOUF : Non, j'ai 16 ans, Monsieur Dosso.

Dosso met les photos dans une serviette.

DOSSO : Maintenant, montez dans le camion !

La vingtaine de garçons s'engouffre dans le camion. Ils se retrouvent entassés les uns contre les autres. Le bruit est assourdissant à l'intérieur, on doit parler très fort pour se faire comprendre.

Monsieur Dosso monte sur la banquette avant, à côté du chauffeur.

Le camion quitte la ville. Rapidement les garçons s'endorment, tête contre tête. Seul Youssouf garde les yeux ouverts. Il regarde le paysage de savane défiler.

Séquence dix

Le camion a quitté la route goudronnée pour emprunter une piste. Sur la chaussée rocailleuse, il est secoué comme un cocotier. Certains garçons se réveillent.

La nuit est tombée. Les garçons sont débarqués dans un vieux hangar. Youssouf, timide, s'approche de Monsieur Dosso.

YOUSSOUF : Monsieur Dosso, cela me plairait de travailler dans un hôtel avec Abdoul... Ce sera possible ?

DOSSO : On verra...

YOUSSOUF : Je peux être utile dans un hôtel, je sais lire et écrire.

DOSSO *(avec dureté)* : J'ai compris, maintenant tu la fermes.

Monsieur Dosso referme une porte métallique sur le groupe et la boucle avec un lourd cadenas.

Séquence onze

Le matin, la porte du hangar est ouverte. Les jeunes hommes sont priés de rester à l'intérieur.

A l'extérieur, Dosso est en train de converser avec trois hommes. L'un est un policier en uniforme. Youssouf voit Monsieur Dosso donner des billets au policier. Le policier les glisse dans sa poche, salue Dosso et les deux autres hommes puis il rejoint son véhicule. Sur la carrosserie, il y a une plaque : Police nationale de Côte d'Ivoire. Les deux autres hommes vêtus de boubous traditionnels sont restés auprès de Monsieur Dosso.

DOSSO : Abdoul et Youssouf, venez ici.

Abdoul et Youssouf se dirigent timidement vers les deux hommes. Monsieur Lagi et Saydou, son fils aîné, vous engagent pour l'année.

LAGI : Vous allez travailler avec nous. On est comme en famille... J'ai une plantation de cacao à Laoma.

ABDOUL : Monsieur Dosso, on devait aller dans un restaurant...

YOUSSOUF : Ou dans un hôtel !

DOSSO : Il y a rien à discuter. Vous vouliez du travail. Je vous en donne... Monsieur Lagi a réglé votre voyage, et les "frais" de police. Dans un an, en vous payant, il déduira ma commission. Il faut bien que tout le monde gagne sa vie. Non ?

ABDOUL : Non, je ne suis pas d'accord. C'est dégueulasse.

DOSSO : Tu la boucles ou je t'emmène à la police.

ABDOUL : On n'avait pas convenu cela...

DOSSO : Tu la fermes. Sans moi, vous ne passiez pas en Côte d'Ivoire, vous n'avez aucun papier valable ici. Compris ? Toi aussi, l'intellectuel, t'as compris ?

YOUSSOUF : Oui, Monsieur Dosso.

ABDOUL *(rageur)* : Combien on est payé ? C'est quoi notre salaire ?

DOSSO *(mielleux)* : Si tu mets du cœur à l'ouvrage, tu auras une belle somme, en fin de l'année.

Monsieur Lagi verse à Monsieur Dosso sa commission. Il rejoint le hangar où sont restés les autres jeunes émigrants. Abdoul et Youssouf suivent leurs nouveaux patrons à contrecœur.

Séquence douze

Lagi et Saydou, son fils, ont rejoint leurs deux bicyclettes. Lagi fait asseoir Youssouf sur le porte-bagages arrière de la sienne, Abdoul s'assoit sur celui de la bicyclette de Saydou.

Les deux cyclistes commencent à pédaler. La route est parsemée de cailloux aigus.

Je n'avais plus le choix et j'étais décidé. Il me fallait tourner la page du cinéma. Trouver du boulot. Après mon petit déjeuner, j'entrai dans un cybercafé pour contacter d'anciens potes de Sup de Co. Cet établissement high tech était fréquenté par leurs "clones africains". Chemise de coton blanc et cravate rouge des traders de Wall Street. Je ressortis très vite, effrayé par ce miroir qui m'était trop tôt renvoyé.

Je rejoignis la rive du Niger. Des enfants s'y baignaient, des femmes nettoyaient leur linge ou leur vaisselle, d'autres se lavaient. Avec une liberté surprenante dans ce pays d'Islam, elles dénudaient leurs poitrines sans se soucier des hommes qui chargeaient des barques à quelques mètres. De partout, fusaient des éclats de rire. Chacun parlait fort et discutait sans trop s'occuper des bébés qui pleuraient.

Le linge séchait, étendu à même le sol. Chemises, draps, pagnes "improvisaient" un gigantesque patchwork aux couleurs variées et vives.

J'avais soif. Sur le bas côté de la route, un abri de tôle servait à la fois d'atelier de réparation, de débit de carburant et de buvette. Une glacière rouge estampillée du sigle Coca-Cola tenait lieu de comptoir.

Un jeune homme, le crâne rasé et brillant, vêtu d'un pantalon et d'une chemise à manches courtes en tergal vert, prit ma commande : un Fanta orange. Je m'assis sur un banc de bois pour le boire tranquillement. Le jeune homme parlait très bien le français, et je sentais qu'il avait envie de lier conversation. Son prénom était Omar. Il avait 27 ans, mon âge, et cela me fit drôle. Bon élève, il avait dû quitter le lycée à la mort de son père. Il était reparti au village pour aider sa mère à élever ses frères et sœurs. Puis il était devenu "gérant" de cette buvette. Devant nous, un mécano, le torse en sueur, sous un maillot ajouré, bricolait une vieille Peugeot 102 de trente ou quarante ans d'âge. J'étais estomaqué par l'ingéniosité avec laquelle les Africains prolongent la vie des mécaniques. Je commandai un second Fanta et proposai de leur en offir un. Ce qu'ils refusèrent. Ils observaient le jeûne.

Omar avoua avec tristesse qu'il aurait aimé être maître d'école. Devant son rêve perdu, mes déboires de privilégié ne pesaient rien. Je laissai 1.000 CFA au lieu des 400 que je devais. Je quittai, un peu coupable de l'abandonner sous son abri de tôle où il était condamné à voir ses années se faner l'une après l'autre.

*

Je repartis vers le Niger. Les broussailles et les herbes longues s'emparaient des terres libérées, il y a quelques semaines, par la décrue du fleuve. Je m'assis à l'ombre d'un arbre. Devant moi, un homme travaillait sur une parcelle de terrain qu'il transformait en jardin potager. Torse et jambes nues, il retournait avec une bêche la terre gorgée d'eau. M'apercevant, il me fit "bonjour" de la main. Soudain, j'eus envie de l'aider, je m'approchai. A voir sa chevelure de coton gris, il avait près de cinquante ans. De petite taille mais bien proportionné. Il ne parlait pas français. Avec force gestes, je lui fis comprendre que je voulais travailler avec lui. Il se mit à rigoler. Jamais un touriste blanc ne lui avait offert ses services. Je devais lui paraître bizarre. Un fou ! J'insistai et j'ôtai sandales, chemise et pantalon. Je me retrouvai, en short, pieds nus dans le sol boueux. Il me donna un vieil outil rafistolé et je me mis à sarcler les mauvaises herbes. Ensuite je bêchai et retournai la terre plusieurs heures. Avec le déclin du soleil, le paysan s'arrêta. Dans sa cahute, il prit un arrosoir rouillé qu'il alla remplir dans le Niger. Il versa de l'eau sur mes jambes et mes pieds couverts de boue grise, puis il se lava à son tour. On se rhabilla avec des rires complices. Il n'était visiblement toujours pas revenu d'avoir dégoté un "commis" blanc. Je sortis mon appareil et le pris en photo, puis enclenchant le retardateur, je le rejoignis pour un second cliché. Il passa son bras sur mon épaule. Je finis par comprendre qu'il s'appelait Boucari. Je lui promis de lui apporter les photos. En une seule après-midi, des jeunes informaticiens du cybercafé aux ongles manucurés à ce paysan archaïque aux paumes calleuses, j'avais l'impression d'avoir traversé plusieurs millénaires.

Je retournai à la Maison du partenariat, le dos rompu, les mains pleines d'ampoules, mais heureux dans ma tête. Je m'étais étonné moi-même. Il n'y avait pas que le cinéma et les ordinateurs au monde. Merci Boucari qui m'avait appris les gestes augustes du laboureur !

(Claire poursuit la lecture du scénario)

Enfance noire. **Séquence treize**

Depuis des heures, les deux bicyclettes de Lagi et Saydou roulent sur une piste accidentée : ornières, cailloux, pierres. Youssouf et Abdoul se tiennent raides sur les porte-bagages. Youssouf observe le paysage autour de lui.

Le ciel s'assombrit. On entre dans une région de culture, les cyclistes prennent un chemin au milieu d'un champ de maïs. Les tiges sont si hautes, si touffues qu'une girafe pourrait se cacher dans les feuilles.

A la nuit tombée, les bicyclettes arrivent sur la ferme de Monsieur Lagi. Les habitations sont très rudimentaires. Elles sont rassemblées autour d'une cour poussiéreuse et encombrée. Lagi montre à Youssouf et Abdoul une case. Une dizaine d'ouvriers sont déjà endormis, la tête posée sur leurs machettes.

Abdoul et Youssouf voient tous leurs rêves s'effondrer. Leur village au Mali, en comparaison, était un paradis.

Séquence quatorze

C'est l'aurore. Youssouf et Abdoul déjeunent avec les autres ouvriers agricoles. Ils ont en main un bol de kabato, un mélange de maïs écrasé et d'huile.

Lagi, le patron, s'approche d'eux et leur donne à chacun une machette. Le manche est fixé avec une lanière.

LAGI : Faites-y bien attention...

ABDOUL : Oui, Monsieur Lagi.

LAGI : Si vous la perdez, vous devrez en acheter une nouvelle. Ça coûte deux semaines de salaire. Et la nuit, comme les autres, vous dormez la tête dessus.

Séquence quinze

Une colonne de travailleurs, avec à sa tête Saydou, le fils du patron, marche en file indienne, sur un sentier étroit. Saydou est vêtu comme les autres de vieux habits troués.

Le groupe traverse un marais et débouche sur un immense champ. Les ouvriers se mettent aussitôt au travail. Il s'agit d'arracher les mauvaises herbes et les branchages au pied des arbres à cacao.

Saydou s'approche de Youssouf et Abdoul. Il arrache deux branches à un arbre et en fait des bâtons qu'il leur donne.

SAYDOU : Faites attention à ne pas heurter les troncs avec vos machettes.

ABDOUL : Oui, Monsieur Saydou.

SAYDOU : Et prenez garde à ne pas vous couper les orteils. Regardez d'abord comment ils travaillent. Après, vous débuterez par ces deux rangées-là.

Séquence seize

Sur la plantation d'arbres à cacao, les ouvriers agricoles travaillent à un rythme soutenu et régulier, ils laissent presque croire que l'ouvrage est facile. Ils rabattent les mauvaises herbes avec un bâton, placent leur machette dans le bon angle et coupent avec précision.

Youssouf, enfant de campagne, "pige" assez vite la technique, et se met à la tâche sans trop de difficultés. Par contre, Abdoul, enfant des villes, a beaucoup de mal, il rate une coupe sur deux, manque de se blesser avec sa machette.

Plus tard, un tiers du champ a été nettoyé. Youssouf a trouvé son rythme. Il est juste un peu plus lent que les autres ouvriers. Abdoul, trempé de sueur, paraît épuisé. Il prend beaucoup de retard et subit les remarques acerbes du contremaître.

CONTREMAITRE : Tu traînes... Allez, presse-toi, mollasson.

Dans l'organisation du travail, tous les ouvriers doivent changer de rangée en même temps. Aussi en bout de rang, les plus rapides prennent une pause en attendant les plus lents. Youssouf vient rejoindre trois ouvriers assis dans l'herbe.

YOUSSOUF : Abdoul, mon ami, prend de plus en plus de retard. Il ne va pas tenir la journée.

UN AUTRE : Il s'y fera comme tout le monde.

YOUSSOUF : Il travaillait en ville, dans un restaurant. Je peux l'aider à finir son rang ?

UN AUTRE : C'est interdit d'aider un autre.

YOUSSOUF : Regardez, il n'en peut plus...

UN AUTRE : Il va apprendre le métier peu à peu. Il n'y a pas d'autre choix. S'il s'enfuit on le rattrapera. Les fuyards, on leur ligote jambes et bras, et on les fouette. Ils restent attachés toute la nuit à un arbre. Les moustiques sucent le sang des blessures.

YOUSSOUF : T'as vu ça, ici ?

UN AUTRE : Pas vu de mes yeux, mais un patron c'est un patron. Monsieur Lagi a payé pour nous garder un an au travail... Il a le droit de punir ceux qui veulent s'échapper.

Séquence dix-sept

Avant le coucher, devant les cases. Abdoul et Youssouf se sont écartés des autres ouvriers.

ABDOUL *(épuisé)* : C'est trop dur. Cette nuit, je vais m'enfuir.

YOUSSOUF : C'est impossible. Il y a des gardiens. Ce travail, demain, ça ira mieux.

ABDOUL : Je ne sens plus mes bras, c'est comme de la pierre. Ici, on sera mal payé. Ce salaud de Dosso nous a eus. Je dois partir...

YOUSSOUF : Tu ne connais pas la région, tu ne parles pas la langue d'ici. T'as plus un sou...

ABDOUL : Je me débrouillerai. Si tu es mon frère. Accompagne-moi.

YOUSSOUF : La forêt est dangereuse. Seul, sur les chemins, tu feras saliver la hyène.

ABDOUL : Tu dis cela pour me faire peur...

YOUSSOUF : Tu oublies, Abdoul, que les gardiens sont armés. Ils vont te poursuivre.

ABDOUL : On marchera la nuit, le jour on se cachera, ils ne nous rattraperont pas. Viens avec moi.

YOUSSOUF : J'ai peur...

ABDOUL : Tu dois venir avec moi. On sera plus forts.

YOUSSOUF : Ils rattrapent les fuyards, et ils les punissent durement.

ABDOUL : Tant pis, je préfère crever que de rester ici.

Séquence dix-huit

Dans la nuit, Youssouf et Abdoul courent sur un chemin. Ils sont au bord de l'épuisement. Soudain, Youssouf trébuche et hurle de douleur.

YOUSSOUF : Aïe, aïe ...

Il s'est pris le pied dans un piège pour animal sauvage. Abdoul se retourne vers son camarade.

YOUSSOUF : Mon pied est pris dans un piège !

Abdoul vient à son secours. Avec difficulté, il libère le pied de son ami.

YOUSSOUF : Ça saigne beaucoup...

ABDOUL : La blessure est profonde. Je vais faire quelque chose.

Il ôte son tee-shirt et en fait une grosse compresse autour du pied. Plus tard, soutenu par Abdoul, Youssouf peine à marcher. Le jour commence à se lever.

YOUSSOUF : Va-t-en, vite... Ils vont arriver... Laisse-moi, Abdoul... Sauve-toi... Ne perds plus de temps !

Abdoul enlace fraternellement Youssouf et s'éloigne.

Séquence dix-neuf

Le matin, les ouvriers se regroupent pour partir au travail. Saydou, le fils du patron, remarque l'absence d'Abdoul et de Youssouf.

SAYDOU : Abdoul, Youssouf, vite ! On vous attend. Où sont-ils passés ? Vous les avez vus ce matin ?

Les autres ouvriers restent silencieux. Saydou se dirige vers son père, Monsieur Lagi.

SAYDOU : Père, il y en a deux qui ont disparu !

LAGI : Lesquels ?

SAYDOU : Les deux nouveaux.

LAGI : Les chacals. Ils savent quand ils sont partis ?

SAYDOU : Personne ne veut parler.

LAGI : Pas la peine de perdre de temps à les questionner. Ils resteront muets. Ces fils de hyène, ces baves de serpent, il ne perdent rien pour attendre. Ils vont le payer cher. Maintenant, rejoignez les champs.

Les ouvriers s'en vont en file indienne, leur machette sur l'épaule.

LAGI : Riegos, Omar.

Deux gardes arrivent en courant.

LAGI : Deux hommes se sont enfuis. On part tout de suite. Prenez vos fusils.

Séquence vingt

Youssouf est ramené par les deux gardes. Ils lui arrachent ses vêtements et l'attachent, les bras en croix.

Plus tard, devant les ouvriers assis dans la cour. Monsieur Lagi fait fouetter Youssouf. Un silence de mort règne, on n'entend que les claquements du fouet contre le dos nu du jeune homme. Le corps en sang, Youssouf est transporté dans une hutte. On lui met des fers au pied.

En fouillant dans mon portefeuille, je retrouvai la carte d'Edouard Quercy. Fallait-il reprendre contact ? Maman s'était suicidée, il y avait moins d'un an. Je craignais d'avoir à revenir sur sa jeunesse bohême, ses vagabondages intimes, sur tout ce qu'il avait partagé avec elle. Malgré cette peur de raviver des blessures, je décidai d'aller le voir au Grand Hôtel. De la Maison du partenariat, ça faisait une longue distance. J'avais quitté mes pataugas trop chauds pour des tongs à semelles doubles dites "quatre-quatre" . Au fil de la journée, mes pieds prenaient la couleur rouge cendré de la terre.

La marche m'aidait à mieux découvrir le quotidien de Bamako.

Sous un porche, un père lavait des chèvres blanches avec ses deux petits garçons. Elles devaient être impeccables pour être vendues au prochain marché. Les deux gamins rigolaient. En Afrique, le jeu des enfants consiste souvent à imiter les adultes, ils les secondent très tôt dans leurs tâches. Les indignations occidentales sur le travail infantile sont souvent mal comprises.

Je longeai ensuite l'ancien cimetière français. Sur la rue de Dakar, je m'arrêtai devant une échoppe où de jeunes "frappeurs" aplatissaient avec de lourdes masses les toiles de basin pour leur donner du lustre. Mal payé, ce travail a comme seul atout de leur forger des muscles de gymnastes dont ils semblaient plutôt fiers.

Après avoir franchi une voie ferrée et traversé les jardins du Ministère de l'Education nationale, j'arrivai devant le Grand Hôtel.

Quercy était sorti. Je laissai un message à la réception pour signaler mon passage. Dans le hall, il y avait des boutiques pour touristes. Un masque d'ébène noir me plaisait. Le vendeur commença par m'en demander 75.000 CFA. Je l'emportai pour 15.000 et je sentis qu'il n'avait pas fait une mauvaise affaire.

Au fond du parc, la piscine et les courts de tennis étaient déserts. Deux serveurs maliens attendaient les clients au bar. Je me dirigeai vers le bassin sans aucun contrôle. Ma peau blanche servait de ticket d'entrée. Le maître-nageur - un bel homme aux épaules larges, l'abdomen sans un poil de graisse - m'installa un transat sur lequel il étendit une épaisse serviette aux initiales de l'hôtel dont il pensait que j'étais client. J'avais envie de nager. Mon slip de coton rouge ferait office de maillot. Je plongeai. L'eau était javellisée mais chaude et purifiante. Tous mes soucis semblaient se dissiper. Je me sentais bien.

Je nageai sous l'œil du maître-nageur qui n'avait personne d'autre à surveiller. Au bout d'une demi-heure, je rejoignis ma chaise longue et commandai un Coca-Cola. On me le servit très frais avec des cacahuètes. Allongé confortablement, je ressemblais à ces jeunes cadres internationaux qui s'offrent un "break" entre deux expertises d'une filiale africaine.

Le maître-nageur s'approcha pour me proposer un magazine. Son sourire réservé me troublait, sa virilité m'impressionnait. J'aurais aimé le serrer contre moi. Pour le retenir, je lui posai quelques questions. La saison était mauvaise : pas de touristes et peu de leçons de natation à donner. Mais il était très digne et ne se plaignait pas.

Un couple de Coréens vint s'installer sur les transats et commanda des banana-splits couverts de chantilly artificielle. Leurs enfants arrivèrent en courant et sautèrent dans le petit bassin.

Le maître-nageur se leva pour aller les surveiller. Je lui donnai un billet de 5.000 CFA. Un pourboire excessif. Ce n'était pas son service que je gratifiais, mais l'émotion qu'il avait suscitée en moi et je sentis à sa gêne qu'il l'avait compris. Je sortis de l'hôtel détendu. Cette remontée du désir était un signe. Je m'éloignais du trou noir de la dépression.

(Claire continue la lecture du scénario)

Enfance noire. **Séquence vingt-et-un**

Des plans racontent l'écoulement du temps sur une année à partir des variations du climat : ciel clair, pluie, nuages lourds, grand soleil. Ils s'intercalent entre des flashs sur les activités dans la plantation.

1 - Youssouf se réveille. Il boit son corn-meal.

2 - Youssouf élague les branches des arbres à cacao.

3 - Youssouf et les ouvriers marchent en colonne vers la plantation.

UN OUVRIER : Ça fait trois mois qu'Abdoul est parti...

UN AUTRE OUVRIER : Il a eu de la chance, ils ne l'ont pas repris.

UN OUVRIER : Il est mort, j'en suis sûr.

YOUSSOUF : Tu n'as pas le droit de dire cela !

UN AUTRE OUVRIER : Peut-être qu'il a vraiment réussi à s'enfuir ?

UN AUTRE OUVRIER : Qu'il travaille comme cuisinier dans un hôtel.

4 - Youssouf et les ouvriers fendent les cosses de cacao. Ils mettent à sécher les fèves sur de grandes toiles.

5 - Avec d'autres ouvriers, Youssouf remplit de grands sacs de jute avec les fèves de cacao.

OUVRIER 1 : Alors t'as réfléchi ?

YOUSSOUF : Oui.

OUVRIER 2 : A moi aussi, il me propose de rester une année de plus.

OUVRIER 1 : Ça t'intéresse ?

OUVRIER 2 : Je veux rentrer au pays.

OUVRIER 1 : Réfléchis bien, ici on a du travail. Monsieur Lagi n'est pas un méchant patron.

6 - Dans la cour, des ouvriers chargent des sacs sur une charrette. Dans sa case, Youssouf fait son ballot et sort.

7 - Monsieur Lagi et son fils Saydou sont installés sur la charrette qui avance tirée par un âne. Youssouf marche derrière eux.

8 - L'équipage entre dans la ville de Doala.

9 - Dans un entrepôt, deux ouvriers et Youssouf déchargent les sacs. Quand ils ont terminé, Monsieur Lagi s'approche de Youssouf.

LAGI : Alors Youssouf, tu ne restes pas un an de plus ?

YOUSSOUF : Monsieur Lagi, je n'ai pas changé d'avis.

LAGI : T'as fait une grosse bêtise au début mais après tu t'es montré bon ouvrier.

YOUSSOUF : Je veux revoir mon père.

LAGI : Voilà ton argent. 75 000 CFA. Dix mois à 7 500, les deux premiers mois de salaire ont servi à payer le rabatteur...

YOUSSOUF : Je le sais. Dosso est une hyène puante. Il a menti et il nous a volés.

Youssouf serre la main de Lagi et s'éloigne dans la foule.

Séquence vingt-deux

Sur un marché, Youssouf achète des bracelets pour ses sœurs, un tee-shirt et un pantalon pour lui. Il aperçoit un marchand de chaussures, il se rapproche. Des chaussures en cuir de couleur lui plaisent. Il les essaye. Il marchande le prix puis finit par les acheter.

Youssouf est assis dans un petit café, devant la gare routière. Il a ses chaussures neuves aux pieds. Il est fier. Youssouf monte dans un car déglingué.

Séquence vingt-trois

Youssouf marche sur une piste poussiéreuse. Il a des tongs aux pieds. A proximité de son village, il se lave dans une petite mare puis met ses habits neufs et ses belles chaussures...

Youssouf arrive sur la place du village. C'est l'heure de la sieste. Il règne un grand calme. Il s'approche de la case de son père. Son oncle en sort, mais refuse de l'étreindre.

L'ONCLE : Ton père Abdoukell Ba est parti. Ses pieds sont d'accord.

YOUSSOUF : Malheur ! Il y a longtemps ?

L'ONCLE : Les funérailles ont eu lieu il y a un mois.

YOUSSOUF : Comment est-il mort ?

L'ONCLE : Il est tombé un soir, il a été plusieurs jours malade. Maintenant, il ne te reste plus qu'à pleurer celui à qui tu as désobéi.

Youssouf s'agenouille sur le sol.

YOUSSOUF : Mauvais fils que je suis. Père, je suis parti sans te saluer. Oh, comme j'espérais revoir ta barbe, entendre ta voix et te parler de ce qu'avait fait ton fils parmi les étrangers. Et maintenant, Père, tu es mort. Comme j'ai honte.

L'ONCLE : Allah est grand, que sa volonté soit faite.

Les enfants du village arrivent en silence et regardent Youssouf. Ils admirent ses belles chaussures et ses vêtements neufs.

Fin

Un après-midi, je me rendis au Centre Culturel Français. Dans la salle de lecture, je pris place au milieu d'étudiants maliens qui dévoraient la presse francophone. J'empruntai le "Libé" du mercredi, le jour du cinéma. Il y avait un long interview d'une cinéaste française primée à Venise. J'avais beaucoup aimé la manière avec laquelle elle avait mis en scène une relation équivoque entre deux légionnaires à Djibouti. Elle avait su chorégraphier le désir et l'attraction des corps.

Claire Martin manquait de cette audace, elle préférait raconter les déboires d'un enfant africain que d'affronter la violence de l'énigme sexuelle. Cette violence ne lui était pourtant pas épargnée. En témoignaient, ses liens avec Chantal Davy. On pouvait aussi comprendre qu'elle n'ait pas envie de les exhiber sur les écrans.

En sortant, je vis dans le hall une longue table drapée de blanc, couverte de verres, de carafes et de bouteilles d'alcool. Un vernissage avait lieu en fin d'après-midi. Je m'approchai de la salle d'exposition. La double porte était fermée mais derrière les vitres, je reconnus la jeune femme qui avait accueilli Edouard Quercy à l'aéroport. Elle donnait un dernier coup de main à l'installation. Etait-elle employée au centre culturel ?

J'allai attendre le début du vernissage à la cafétéria. Je commandai un café. Un homme me demanda la permission de s'asseoir à ma table. Il se présenta. Léonard Tangaré, chercheur en biologie. Par sa tenue, un blazer d'une coupe impeccable, par les cigarettes Marlboro qu'il sortait d'un étui en argent sculpté, je percevais chez lui un vif besoin de reconnaissance, presque de l'arrogance. Il me demanda si j'habitais Paris. Il avait fait ses études à Jussieu. Aussi était-il furieux que l'Ambassade de France lui refuse un visa pour repartir. Au Mali, il y avait peu de laboratoires et il ne trouvait pas d'emploi dans sa spécialité. Sans contrat signé, ni relations pour le prendre en charge, il se voyait condamné à végéter à Bamako. Cela le rendait amer. Je sentais qu'il voulait me solliciter. Pour me protéger, je lui dis que sans emploi moi-même, je ne pouvais servir de garantie. Il se lança alors dans une diatribe. Pour vous les Français, affirmait-il avec rage, l'humanité est double : les personnes libres de leurs mouvements, et les autres, assignées à leur terre de misère. Comme diplômé, il se sentait "captif". On lui interdisait le droit de travailler dignement. Son cousin avait vécu à Paris. Il avait été expulsé au moment de l'affaire des sans-papiers de l'Eglise Saint-Bernard et il le dissuadait de partir. Mais l'envie était trop forte, il était maintenant prêt à tout. Il avait pris contact avec un réseau de passeurs. Il faisait des plans. Il allait traverser la Mauritanie, le Maroc, et arrivé à Tanger, passer en barque le détroit de Gibraltar. C'était risqué, il le savait, il y avait des naufrages, des rackets, et la police espagnole interceptait souvent les embarcations avant qu'elles ne touchent les côtes de l'Andalousie. Mais il ne voulait pas crever sur pied en Afrique. La France, l'Europe le fascinaient. "Comment ne pas considérer comme un paradis des pays qui se ruinent en forces de sécurité pour nous empêcher d'entrer ?" Il se leva et partit brusquement. Sa colère m'avait secoué. Sur le fond, il avait raison.

*

Les premiers invités du vernissage arrivaient et on ouvrit les portes de la salle. L'artiste s'appelait Aida Ba, son exposition "Bogolan du futur". Je m'approchai des œuvres. De grandes pièces de tissu, travaillées avec des teintures à l'argile. Aida Ba ne se contentait pas de perpétuer cette technique traditionnelle du Mali. Elle s'en emparait pour créer des motifs décoratifs qui évoquaient ceux des œuvres de Klee. Sortant des gammes traditionnelles, ocre, blanc, brun, noir, elle osait des bleus et des roses pastel, des mauves capiteux. Cet art millénaire semblait soudain réinventé.

Le directeur du Centre Culturel Français monta sur le podium. Il commença par remercier ses partenaires institutionnels et sponsors. Par précaution, il les avait tous notés sur une fiche. Assez cérémonieusement, il rappela les missions du C.C.F. : soutenir la création des artistes maliens en était une, parmi les plus nobles. Avec Aida Ba, il se félicitait de très bien la remplir. "Art Press" venait, dans un numéro spécial Afrique, de faire l'éloge de la jeune plasticienne. Le directeur demanda à Aida de le rejoindre. A ma grande surprise, c'est la jeune femme de l'aéroport, vêtue d'un superbe boubou rose, qui se présenta. Très mal à l'aise, elle bredouilla des remerciements à l'adresse du directeur et d'Edouard Quercy qui l'avait encouragée depuis ses débuts. On commença à servir le cocktail, je sentis une main sur mon épaule. Je me retournai. C'était Quercy en personne.

Edouard : Ça me fait plaisir de vous voir là !

Pierre : Moi aussi.

Edouard : Vous avez vu ? Quel splendide travail elle a fait !

Pierre : Oui. C'est très beau.

Edouard : Cette fille a du génie... C'est moi qui lui ai donné sa première chance, vous savez...

Pierre : Elle n'a pas oublié de le rappeler.

Edouard : Je viens d'arriver... je n'ai jamais une minute, ici à Bamako, je cours d'un atelier à l'autre... Aida, tu sais, c'est comme ma fille. Je l'ai repérée dans une association de veuves, elles prennent comme apprenties de jeunes orphelines. Aida venait du pays Dogon. Ses parents sont morts du paludisme, sa jumelle et elle n'avaient que cinq ans. Chez les Dogons, on dit que les jumeaux portent chance. Au début, ce n'était pas vraiment cela mais depuis la chance l'a rattrapée. Toute gamine, elle avait déjà ce sens du dessin incroyable. Je l'ai prise sous mon aile, je l'ai inscrite au Lycée Notre-Dame du Niger. La voilà qui arrive... Aida, je te présente Pierre Rocher...

J'eus à peine le temps de serrer la main d'Aida que l'épouse de l'ambassadeur l'entreprit. Elle voulait lui commander une œuvre pour le vestibule de sa résidence.

Edouard : J'ai eu raison de miser sur cette petite. Dans ma galerie, rue de Seine, je vends déjà ses petits formats autour de 1.500 euros...

Pierre : Elle est en contrat chez vous ?

Edouard : C'est la moindre des choses, non ? Un contrat régulier : 50 / 50, comme chez tout marchand d'art. Et votre film, ça se termine ?

Pierre : Mal pour moi...

Edouard : Ah bon ?

Pierre : On m'a viré la deuxième semaine.

Edouard : Pourquoi ?

Pierre : Une drôle d'histoire. Je n'ai plus envie d'en parler.

Edouard : Alors vous êtes en chômage technique ?

Pierre : Si on veut. Ça a été dur de se faire jeter. Maintenant, j'attends le retour. Mon vol part le 17.

Edouard : Le même jour que moi. On se marque à la culotte, dis donc ! ... A Paris, t'as d'autres projets de films ?

Pierre : Non, j'arrête les frais là. Adieu le cinéma ! Je vais chercher un job. J'ai quatre ans d'expérience dans une grosse boîte d'import-export.

Edouard : C'est intéressant ça... Tu sais, je suis le plus gros importateur de bogolans en France. Demain, je vais à l'Atelier des veuves pour des commandes. Viens avec moi, si tu veux... Tu verras comment on les fabrique...

Pierre : Pourquoi pas ?

Edouard : Rendez-vous à mon hôtel à 8 h. Salut Pierre, je dois aller saluer le chef de protocole de l'Ambassade.

*

Le lendemain matin, j'arrivai en courant au Grand Hôtel. Sur le parking, Edouard Quercy était installé dans une Mercédès blanche climatisée. On prit la direction du Nord.

Pierre : Excusez-moi.

Edouard : Cinq minutes, en Afrique, ce n'est pas du retard. Hermas, tu peux démarrer. On est au complet.

Derrière les vitres teintées, la ville apparaissait grise, un peu irréelle. La circulation était forte et nous roulions lentement. Une heure plus tard, la Mercédès s'arrêta devant un grand portail. Dans la cour, Edouard Quercy embrassa une grande femme vêtue d'un boubou framboise qui venait l'accueillir.

Edouard : Awa Ba, la patronne de la maison. Pierre Rocher, un jeune cinéaste...

Pierre : Un ex-cinéaste !

Edouard : Il voudrait voir la fabrication.

La directrice nous conduisit dans un atelier exigu que se partageaient une douzaine d'ouvrières. De tous âges : de la très jeune fille à la vieille femme. Edouard Quercy connaissait chacune par son prénom.

Edouard : Aida, Rose, Fatou, Aminata, Fanta, Ambaga, Oumou, Maimouna... Ici, tu vois, Pierre, on continue de fabriquer les bogolans selon les méthodes traditionnelles. Depuis que les touristes s'y intéressent, on fait n'importe quoi. Pour avoir du débit, certains filous appliquent les motifs au pochoir. Un vrai bogolan se travaille en réserve. Observe bien comment elles font. Elles peignent d'abord les bordures puis elles vont de l'extérieur à l'intérieur. Plus les motifs sont fins, plus l'application de la teinture est lente et méticuleuse.

Pierre : C'est quoi cette teinture ?

Edouard : Un mélange d'argile, de feuilles, de racines de diverses plantes. Rien de chimique. A l'origine, les motifs avaient des significations sacrées ou religieuses. Le bogolan était un art réservé aux femmes de hautes castes qui le pratiquaient à la saison sèche. C'est devenu un artisanat populaire qu'on pratique toute l'année. Ça va, Oumou, aujourd'hui ? ... C'est la doyenne de la maison.

La vieille femme qui était installée sous l'unique fenêtre de l'atelier, acquiesca de la tête.

Edouard : Elle a 75 ans, et elle ne veut pas s'arrêter. Le bogolan c'est toute sa vie. Elle est pourtant presqu'aveugle notre Oumou. Les Africaines ont un dicton : "l'argile est sombre, et plus sombres chaque jour les yeux qui travaillent le bogolan." Alors, pour éviter que la vue ne baisse trop, elles se font des compresses sur les yeux avec l'eau des plantes dans laquelle on rince les étoffes. C'est efficace.

Awa Ba nous introduisit dans ce qui lui servait de bureau, réserve, et cuisine... Tout était si encombré qu'on ne voyait plus les superbes bogolans exposés au mur. Elle nous offrit du jus d'hibiscus. J'avais soif et je bus d'un trait ce breuvage rouge sang.

Edouard Quercy sortit d'une sacoche en crocodile son cahier de commandes. Inutile d'entrer dans les détails, Awa connaissait toutes ses exigences : qualité supérieure et respect des délais.

*

Nous regagnâmes la Mercédès blanche. L'air climatisé était un vrai plaisir. A l'entrée de Bamako, il y avait un gigantesque bouchon. On resta bloqués une demi-heure sur le Pont des Martyrs. Je regardais le Niger, des ilots couverts d'un tapis d'herbes longues et de plantes aquatiques se dressaient à la surface du fleuve. Reluisant au soleil, les grandes étendues d'eau ressemblaient à des clairières tapissées d'argent. C'était comme un rêve.

Bientôt, Quercy profita de l'embouteillage pour passer à l'offensive.

Edouard : J'ai réfléchi, cette nuit... A ton sujet.

Pierre : Ah bon !

Edouard : J'ai compris que tu n'as rien de sérieux en vue.

Pierre : A mon retour, je vais chercher... La conjoncture n'est pas trop mauvaise.

Edouard : Ce n'est pas folichon, folichon. Tu parles bien anglais ?

Pierre : Pas trop mal.

Edouard : Parfait... Je pourrais te proposer quelque chose. Voilà, j'ouvre en février une galerie à New York. Exactement sur la 126e rue à Harlem. J'ai loué un loft à deux pas des nouveaux bureaux de Clinton. C'est l'un des quartiers qui bouge. Je me suis associé avec une jeune black, formidable. Mais c'est moi qui fournis le gros des capitaux. Avec tout ce que j'ai à régler entre Paris et l'Afrique je manque de temps pour bien lancer l'affaire. Je cherche quelqu'un. T'es cultivé, t'as le goût des choses artistiques, t'as la formation économique. Je crois que t'as le bon profil. On inaugurera la galerie avec Aida. J'ai envie de faire honneur à ma petite gazelle. "Bogolan for the future". C'est comme ça que l'exposition va s'appeler là-bas. A propos, je crois que tu l'impressionnes, Aida.

Pierre : Moi aussi, elle me fait quelque chose...

Edouard *(plaisantant)* : Elle trouble pas mal les hommes, c'est vrai. Tiens, j'ai une idée. Je vous adopte tous les deux et je vous marie ensuite...

(Pierre rit nerveusement)

Edouard : Rocher, c'est bien le nom de ta mère, pas celui de ton père.

Pierre : J'aimerais qu'on évite de revenir sur ce sujet...

Edouard : Non sérieusement... Quand t'avais un an, j'avais proposé à Florence de te reconnaître...

Pierre : Taisez-vous, s'il vous plaît.

Edouard : Ne te fâche pas, Pierre. Ne le prends pas mal... Hermas, mets de la musique.

Le chauffeur mit un CD de Moussa Diakabaté, le son de la cora amena une détente.

Edouard Quercy me posa la main sur la cuisse affectueusement, comme peut le faire un père sur celle d'un fils qu'il vient de blesser.

Edouard : Excuse-moi...

Pierre : Ce n'est rien... Je suis fragile en ce moment...

*

Deux jours plus tard, nous avions rendez-vous au Grand Hôtel pour déjeuner à la Pergola, une paillotte-restaurant qui domine la piscine. Un homme faisait des longueurs, son dos était tatoué de la grenade à sept branches de la légion. De ses bras puissants, il "attaquait" l'eau. Deux belles Africaines, qui sirotaient des grenadines, lui lançaient des bisous de la main, lorsqu'il faisait une pause entre deux séries.

Edouard Quercy commanda du champagne. Il voulait fêter notre alliance. J'avais fini par céder.

Edouard : Petit, tu ne le regretteras pas. Je sentais bien que t'avais envie d'être secoué. Comme tout le monde, t'as besoin d'un défi, d'une "nouvelle frontière" comme disent les Amerloques. C'est peut-être une mythologie, toute bête ! Mais moi aussi, c'est comme ça que j'avance. Mon nouveau cap, c'est le "marché d'art new yorkais". L'art malien est pratiquement inconnu là-bas. Je sens qu'Aida va faire un malheur.

Pierre : Aux USA, il paraît que les jeunes artistes français font un bide.

Edouard : C'est vrai, les Italiens, les Allemands, les Anglais, tout le monde nous passe devant. Le Ministère de la culture n'envoie à l'étranger que des œuvres prétentieuses, des trucs conceptuels dépassés. Le monde supporte de moins en moins notre arrogance. Les bogolans d'Aida, c'est tout le contraire. Un travail sensuel, concret même si les motifs sont abstraits. C'est raffiné et populaire à la fois. Et puis elle est noire. A New York, c'est mon gros atout. Une nouvelle bourgeoisie black monte en puissance dans le showbizz, la mode. Elle se sent un peu coupable de sa réussite. Alors elle achète les œuvres d'artistes africains pour montrer qu'elle n'a pas trahi ses origines. Aida, son travail, il incarne à la fois l'héritage des arts traditionnels et leur dépassement, il est au carrefour. Ce n'est pas une Afrique fantasmée, ce n'est pas un truc de marketing ciblé à l'avance, ça, les collectionneurs le sentent. Ils vont acheter !

*

On sabla le champagne. Aida vint nous rejoindre, elle portait le tailleur pantalon rose et blanc de l'aéroport. Je la regardais. Elle baissa les yeux. Notre émotion était vraiment réciproque. Le visage d'une jeune femme m'avait rarement autant troublé.

Le matin du départ, je fis développer mes pellicules dans un "Tirage Express". Au-dessus de la caisse, un panneau : "Clichés pornographiques interdits". Comme je le lui avais promis, j'apportai les photos à Boucari, le jardinier du fleuve. Il éclata de rire en se regardant. Il n'avait peut-être jamais été photographié. 400 CFA par cliché, c'est de l'argent pour un homme pauvre. Il bredouillait : "cadeau, cadeau", s'imaginant que peut-être j'allais les reprendre. En le quittant, je ne sais pas pourquoi, ma gorge se noua... Ces quelques heures partagées avec Boucari sur sa parcelle m'avaient donné la mesure d'une vie où l'on ne s'asseoit pour manger qu'après que la terre ait reçu votre litre de sueur. C'était stupide, mais j'avais le sentiment de le trahir. J'appartenais à l'autre camp, celui des nantis qui voyagent, s'achètent des dépaysements et des sensations fortes avec une carte Gold.

Je regagnai la Maison du partenariat pour faire ma valise.

*

A l'aéroport, j'aperçus l'équipe du film. Boutros brava les interdits et vint m'embrasser. Son sourire était comme un verre d'eau dans le désert. Quercy avait fait surclasser mon billet, je m'installai avec lui en première, pas mécontent de prendre une revanche sur ceux qui m'avaient exclu et qui voyageaient, eux, serrés comme des sardines.

On resta bloqués sur le tarmac durant une heure. Quercy s'enfila coup sur coup deux whiskies.

Edouard : J'ai besoin de m'assommer. C'est con mais j'ai peur à chaque fois que je monte dans un avion...

Après un subtil repas servi dans de la porcelaine blanche à lisière bleue, on s'endormit dans les fauteuils inclinés à 180°. Un vol sans aucune frayeur.

*

Femme : It's wonderful !

Homme : Absolutely wonderful !

Femme : Look at that, David ! So genuine, so authentic, so African ! How much, Sir ? Combien, Monsieur ?

Pierre : This work, lady ?

Femme : No, no, the big one !

Pierre : 15.000 dollars.

Femme : The big one ? Are you sure ?

Pierre : Yes, Madam.

Femme : It is cheap, isn't it ? I'll buy it, I can't resist, David, it's such a marvellous work !

*

Un an plus tard eut lieu à Harlem le vernissage de "Bogolan for the future". La galerie était superbe. Immense volume d'exposition où un subtil éclairage mettait en valeur chaque œuvre.

Une foule nombreuse se pressait : artistes en vogue et photographes renommés, critiques et riches collectionneurs... Depuis la double page que lui avait consacrée l'incontournable Dorothea Vogel, dans le supplément style du New York Times, Aida Ba était l'artiste "tendance" du moment. Tout le New York branché voulait découvrir son travail. Pour le séduire, Edouard Quercy avait bien fait les choses. Le champagne coulait à flots, et ce n'était pas du californien, il venait d'une bonne cave d'Epernay.

Edouard : Tu vois, Pierre, je ne me suis pas trompé. Aida fait un malheur auprès des yuppies black and white. Imagine à Bamako, il y a six ans, à sa première expo, j'avais vendu sept pièces pour à peine 10.000 francs français, si je me souviens bien... Ici, à New York, le jour du vernissage, on a des commandes pour 60.000 dollars ! C'est inespéré ! J'ai beaucoup de chance, la vie m'aime...

Si Quercy se frottait les mains, Aida était mal à l'aise. Les compliments des admirateurs comme les sourires "plastic" de ceux qui détestaient son travail, tout lui pesait. Elle alla se cacher dans l'office, elle ne voulait pas se montrer triste. Pour le courage, on se force. Pas pour l'entrain. Elle était démunie devant sa réussite. Devenir "an international artist" l'angoissait. Elle craignait de perdre cette lumière qui avait fait d'elle, l'orpheline de Bamako, une artiste "vraie".

A New York, elle se sentait coupable d'entrer malgré elle dans un monde où ce n'est pas l'usage des choses, leur beauté, mais leur seule valeur commerciale qui compte. Ses bogolans devenaient une "marchandise de luxe". Le matin, en sortant de son studio de l'East Village, elle découvrait avec gêne dans les poubelles, sur les trottoirs, des canapés, des disques, des livres, des frigidaires, des téléviseurs, des pulls et des pantalons, plein de choses en état de marche, plein de vêtements à peine portés, et tout cela, tout ce que les Américains jetaient aux ordures, elle le savait trop, aurait été convoité sur les marchés de Bamako comme des trésors par les pauvres, les orphelins de son pays...

Aida avait la "conscience douloureuse". Jamais elle ne pourrait endosser les habits de l'artiste arrivée, aveuglée par son succès, indifférente au malheur des autres.

*

Après le départ du dernier invité, Aida revint dans la galerie. Elle voulait regarder ses œuvres toute seule. Elle nous demanda de sortir. On le fit sans rien lui demander.

Edouard : Je ne comprends pas. Elle devrait être contente...

Pierre : Non, cette gloire est une souffrance...

Edouard : Quand le succès arrive, il n'y a pas d'autre choix que de l'accompagner. Elle me fait de la peine...

Aida repoussa les fauteuils coquilles de cuir. Elle se coucha sur le sol. Elle se replia comme un fœtus. Elle était en larmes. De peur qu'elle ne prenne froid dans sa robe de voile noir, je revins avec un large plaid en cachemire rouge et la couvris délicatement. Sur la moquette noire, le corps d'Aida était comme une flaque de sang, immense. Je la regardai, ému. Bogolan's Blues.

Fin

L'auteur, Daniel Besnehard

Né en 1954 à Bois-Colombes, Daniel Besnehard est diplômé en philosophie et en théâtre. De 1978 à 1985, il a été dramaturge à la Comédie de Caen puis, de 1986 à 2003, dramaturge et secrétaire général du Nouveau Théâtre d'Angers-Centre Dramatique National. Il vient d'être nommé secrétaire général du Théâtre National Populaire de Villeurbanne dirigé par Christian Scharreti.

Il a écrit une vingtaine de pièces, pratiquement toutes mises en scène notamment par Daniel Girard, Guy Rétoré, Michel Dubois, Georges Werler, Philippe Mercier, Andreas Voutsinas, etc. Depuis 1978, il entretient une collaboration artistique régulière avec Claude Yersin qui a monté une dizaine de ses pièces.

En 1984, il a reçu, pour *Passagères*, le prix des Nouveaux Talents décerné par la SACD. En 1987, *Arromanches* (Nouveau Théâtre d'Angers / Théâtre Ouvert) s'est vu attribuer le prix de la meilleure création française décerné par le Syndicat Professionnel de la Critique.

*

Son théâtre (sélection) :

- *Les Eaux grises*
- *Clair d'usine et Clair de terre*
- *Passagères*
- *Arromanches*
- *Epreuves*
- *Internat*
- *Le petit Maroc*
- *Les Mères grises*
- *L'Etang gris*
- *Neige et sables*
- *Mala Strana*
- *L'ourse blanche*
- *L'enfant d'Obock*
- *Hudson River, un désir d'exil*

La plupart de ses pièces sont publiées chez Théâtrales-Edilig et à l'Avant-Scène. Plusieurs ont été radiodiffusées sur France-Culture dans le cadre du Nouveau répertoire dramatique de Lucien Attoun.

Il est également l'auteur d'un essai (*Comédiennes en Mémoire*) édité par Actes Sud et de deux romans publiés chez Julliard : *Pupuce* et *Décalé*.

Lansman Editeur
63-65, rue Royale B-7141 Carnières-Morlanwelz (Belgique)
Téléphone (32-64)23 78 40 - Fax/Télécopie (32-64) 44 31 02
E-mail : lansman.editeur@freeworld.be
http ://www.lansman.org

Bogolan's Blues
est le quatre cent treizième ouvrage
publié aux éditions Lansman
et le cinquième
de la collection "Ecritures vagabondes"

Les éditions Lansman bénéficient du soutien
de la Communauté Française de Belgique
(Direction du Livre et des Lettres),
de l'Asbl Promotion Théâtre et de la
SACD

Composé par Lansman Editeur
Achevé d'imprimer à l'imprimerie Daune (Morlanwelz-Belgique)
Dépôt légal : juillet 2003